U0069823

AQUARIUS

AQUARIUS

AQUARIUS

AQUARIUS

每個人心中都有一座島嶼，

藉文字呼息而靜謐，

Island，我們心靈的岸。

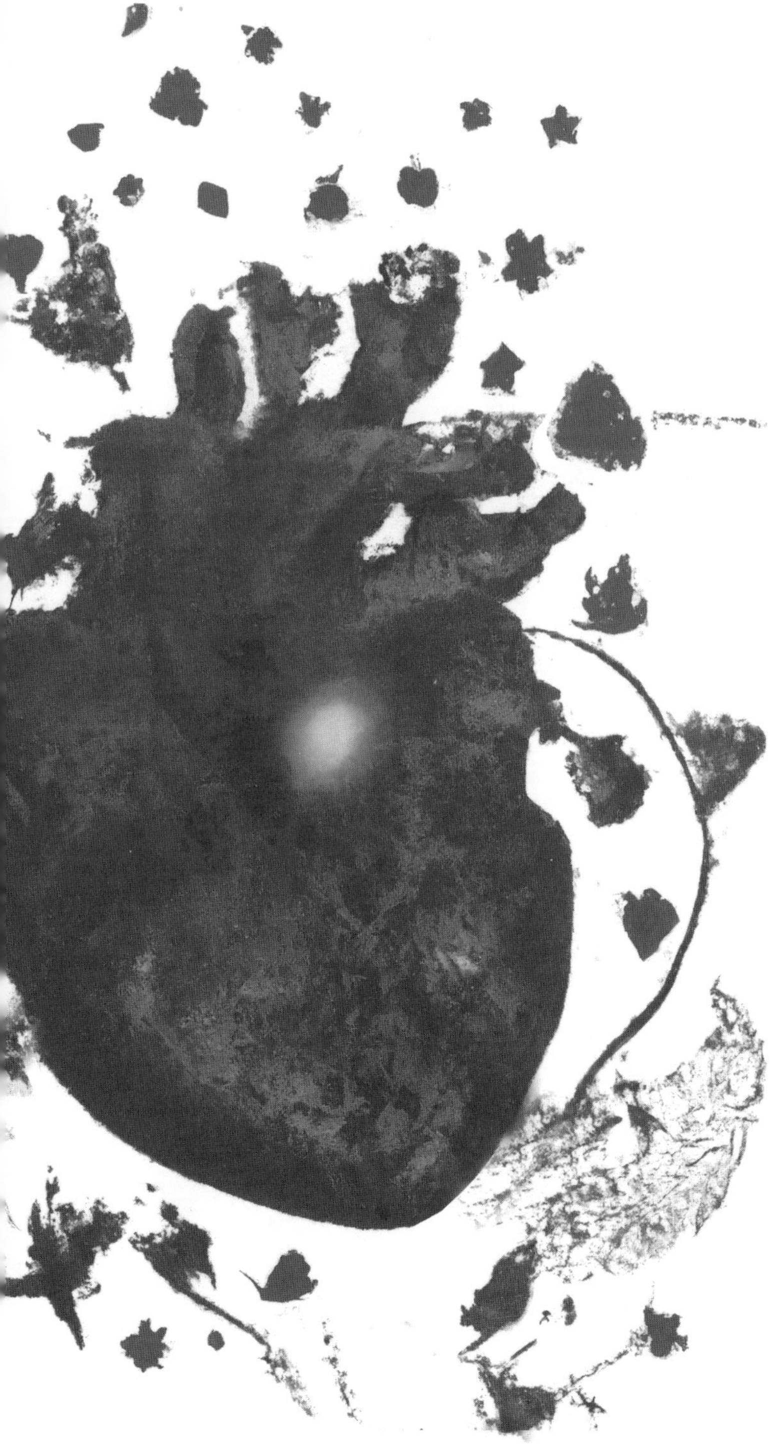

針尖上我們扮演

楊凱丞

【推薦文】

絛蟲也會寂寞嗎？

——關於楊凱丞的第一本小說《針尖上我們扮演》

◎吳明益（國立東華大學華文系教授）

哪裡有對人類的愛，就有對醫學的愛。

——希波克拉底（Ἱπποκράτης，前460年—前370年）

作為現代社會的子民，醫病關係或與醫療體系的共處，是不可能繞過的課題。幾年前因為母親年邁的關係，我開始熟悉起急診室、救護車、住出院手續，以及瑣碎又巨大到可以充塞整個淡水河道的情緒垃圾。但真正衝擊性感受到醫護人員的生活狀況，是在Covid初期那次母親的住院。當時住院只能有一人陪病，而且十二小時才能換一次班，身為家中最年輕卻也已是中年的成員，我負擔起了午夜十二點到中午十二點的照顧與陪伴。當時我目睹了即便在那麼嚴峻的狀況下，急診室塞滿並不會因為疫情而減少的各類病患，負擔住院的醫護人員仍得按時巡房，面對某些徹夜不眠狂鬧的患者，我感受到這個行業驚人的情緒與精神傷害。

疫情期間每個人都只露出雙眼，醫院裡甚至人都會盡量減少眼神接觸。對於數天或數月暫時住院的病患及家屬固然艱難，我想像自己若是背負著十倍壓力的醫護人員，一定會在回家時立即休眠，否則一旦動念數小時後仍要當班，恐怕自己會承受不了而崩潰。

和凱丞剛接觸的時候，我就知道他和另一位醫師作家阿布一樣有醫學的背景，但是怎樣的醫學背景我卻不是很清楚，因為一開始他交來的作品，並不全都有醫院的背景與醫學的內容。特別是我收到的部分散文，和我從九〇年代以來讀到的個人散文沒有太大的不同。而有一段不短的時間，凱丞甚至沒有寄任何作品到我的信箱。

我在與學生討論作品時，往往都避免提及他們的個人狀況。這和我的敏銳與否無關，與我的刻意逃避有關。因為如果每一次談話都要關注到每位學生的情緒反應，為他們的快樂而快樂，為他們的悲傷而悲傷，那麼我恐怕自己很快地會不再具有任何能量。我知道這並不符合我當初選擇教職的理想性，但作為一個在教學現場二十年的人，我並不再憧憬與距離或遠或近的學生同悲同喜。

不過我總是透過課程的設計，試圖引導他們「誠實一點」面對創作這件事。其中在「創作論」（On Writing）這門課裡，我透過邀請他們分享自己閱讀史裡導致思想或情感發生轉折的十部作品，這十部作品既是我認識他們的可能窗口，也是與他們溝通創作理念的鎖匙。

凱丞在報告的時候，選了幾本書，包括《背離親緣》、《暗房裡的男人》、《不存在的人》。這幾年的科普社普書常有「長」副標題，這幾本書的副標題分別是：「那些與眾不同的孩子，他們的父母，以及他們尋找身分認同的故事」、「變性者一生的逃逸計畫，一場父女的和解之旅」、「從自閉、幻肢到出體經驗，一場『自我』的科學壯遊」。凱丞用「演出」的方式串連了幾本書和電影，就好像我們總是在某些時刻「演出」自己。

那一年期末作業是寫給另一個創作者自剖的信，凱丞寫給Paul Auster的信裡寫道：「那天下課之後，我反覆思考：什麼是誠實？我能對自己誠實嗎？作為一個寫作者，如果在創作中我能夠很輕易、誠實地描繪自我，或我所熟習的事物，但現實裡我卻無法在公開的場合談論自己，這樣的我，算是一個誠實的人嗎？」

有時候我完全遺忘了和學生第一次見面的場景，得靠電腦裡的談話紀錄才想得起來。我曾在沒有收到作品的那段時間主動傳給他一個短訊息：「凱丞，因為遲遲都沒看過你任何作品，是否有什麼狀況？」在這封訊息後，我們通了話，聊了他當時正迷惘的寫作方向。凱丞畢業於台北醫學大學的醫學檢驗暨生物技術學系，畢業後花了一些心力國考取得證照，接著在台北萬芳醫院的檢驗科擔任醫檢師工作兩年多。我說：「那你一定有目睹過很多和你生命共鳴，或者啟發、不理解的各種在這個專業工作上的事件吧？不是把那些醫學名詞視為『譬喻』或『象徵』，而是你覺得會一直放在心上的那些事件。那些細微的事件很可能是你建立自己小說感的起點。」

而後，凱丞開始規律地交出作品。在一封來信裡，他提到自己讀了我推薦的侯麥的小說集《四季》，喜歡上侯麥像是劇本般在小說裡鋪陳對話。另外，他發現侯麥很注重空間表現：「譬如他會很詳細，甚至瑣碎描寫那些曲折的法國街道、森林、房間……。」他發現自己的作品「醫院」這個空間經常出現，我在meeting時回應，不只要讓人物參與這個空間，也要讓空間參與到作品裡。那些我們生命裡徘徊的空間，不就如此直接而且揮之不去地參與到我們的生命歷程嗎？

與促發醫學進步的「實驗」不同，「歷練」與「思考」讓凱丞一篇一篇地建構起「醫院」這個空間，再讓活動在這個空間裡的人物人生，回頭讓這個空間「有情化」。按照凱丞自己的說法，他希望能寫一本「Short stories about the examined body」的作品，呈現醫療技術與身體種種纏繞、糾結的關係。

在〈虫洞〉裡，主人公「自嘲著醫技系學的就是醫學系的皮毛，我們是跳板，是別人的仿冒品，我們在無人的操場裡愈笑愈大聲，在那笑聲裡，把某樣平時見不得人的東西從身體深處刨挖出來，和對方交換，再狠狠塞回去。」在〈海參爬行的夜晚〉裡，永遠燈火通明的檢驗科，「一批又一批醫檢師輪流接替，在顯微鏡，在培養皿，在試管前反覆操作相同的實驗內容。對於那些有關生命的數據，我愈來愈熟稔，面無表情地抄寫，輸入，發出報告，和所有人一樣充滿效率，與機器嵌合為一，變成真正的齒輪，這蒼白工廠機械體的一部分。」

而醫院這個空間，既容納了病體，也容納了想更改性別的渴望（〈石蠟塊〉）、失去肢體與熱情或迷戀肢體的靈魂（〈維納斯的手〉）、偷窺的寂寞人（〈抵達靜脈的瞬間〉）、失去孩子的人（〈顯微紀〉）、想要孩子的人（〈誕〉）……。偶爾偶爾，我們也會在這樣的人生裡，體悟到一點不算是真理的，安慰自己的道理：「無論是彌補或逃避，生命總會以各種形式反覆提醒——你永遠不可能藉著拯救別的什麼，去挽回補救你原本失去的，因為失去即是失去本身……」（〈海灘、水療室與陽光走廊〉）凱丞寫出了他人生裡階段性的、充滿情感賦予的一系列故事。

西方醫學之父希波克拉底，被認為是奠定現代醫學的原因，不只在於他讓醫學擺脫對巫術的依賴，還在確立醫學的行業規則和職業倫理。掌握醫學的靈魂，同時掌握著另一些痛苦、掙扎、糾結的靈魂，他只要一不誠實（不管是對待自己或病人），都會引發難以想像的後果。

我想起凱丞那天自剖式的信件最後寫道：「我似乎對於一個寫作者，他的文字是否能對應其自身行為，感到一種執著，因為那關乎於誠實與信任。」

我想回到文章之前提到的凱丞在課堂上的「演出」。我認為許多人「演出」自己，並不是因為要隱瞞什麼，而是我們也許並不真的能完全掌握自己。因此，清楚知道自己正在演出自己，會比自以為已經完全看清自己的清醒。演出得有一個「認識」、「揣摩」的過程，我們一生，都在認識、揣摩自己的過程裡，這是我現在的想法，也是凱丞這一系列作品給我的感受。

我鍾愛的醫生作家努蘭（Sherwin B. Nuland）曾在《死亡之臉》裡寫道：「疾病生理學是探索疾病之鑰。有些醫生可能會對這個字產生哲學和詩的美學聯想。別意外，這是由於希臘字根『physiologia』的原意是探究事物的本質，充滿了哲思與詩意。加在前面的『pathos』，則意為痛苦或疾病。所以醫生所探究的，便是痛苦和疾病的本質。」

誕生、患病、衰老、遺忘、失去掌控、逐漸衰弱或突然逝去，都是人生的本質。而因為智慧，人比其他動物，多了更豐富的情緒反應。在科學上，絛蟲並不太可能有寂寞的情緒，但觀看絛蟲的我們，內心卻是各有差異的，因此，相信絛蟲在我們的身體裡，共同「寂寞」著，或許是身而為人才能有的感受吧。

因此，我在這裡要推薦凱丞的第一本小說集，他勇敢地藉由寫作這件事，審視了醫院這個空間，和靈魂這個空間。雖然未來他勢必還會反覆審視，這個起點和那些過度自信的寫作者並不相同，但這本真情的作品，奠定了凱丞作為寫作者的可貴身分。

目錄

虫洞

如果我沒記錯，再次見到老彭，已是醫大畢業五年後。約好傍晚五點在「有志壹同」碰面，他卻臨時打電話來，問我人在哪裡，他會議提早結束，正要從醫院離開。我說不用啦，捷運差一站，等等騎Ubike就到。他說看天氣好像要下雨，反正回家順路，要載我過去。

我提著行李，走出捷運站。六月的雨霧搔撓鼻黏膜，三個噴嚏連發，肥大細胞釋放組織胺，過敏發作，提醒自己正身處台北。回頭一望，一〇一大樓就矗立在身後，我和老彭曾經在那裡跑過垂直馬拉松，沿著樓梯，從一樓跑到九十一樓，我們都跟著劉佬戲稱它是「台北大條蟲」。

我仍記得劉佬滿叢亂髮，站在講台一側，麥克風長長的黑線纏捲他其中一隻枯瘦的手腕，語調透露一股台下的我們無法理解的雀躍，說，一〇一哪裡是什麼竹子造型，那分明是條寄生蟲。

而且是條蟲綱的。劉佬咧咧嘿笑。

我望著眼前這棟超過五百公尺，雲霧裡若隱若現的高聳建築，在心底重新描繪這隻全新品種的條蟲：青色鍍膜玻璃與水泥鋼筋構成八層倒梯形體節，最高的頸節裡藏有生殖器官——那顆直徑五點五公尺的乳黃阻尼球是卵巢，周圍一張張漆灰辦公桌是星狀散布的睪丸。頸節再往上是尖塔狀的頭節，不過頭節表面似乎沒有常見的吸盤特徵，只有避雷針是一根異常粗大的吻鉤，但那並非口器，而是想把自己和頂方的灰濛腸壁牢牢固著，充滿野心，懸浸於這座濕潤的盆地，讓半透明的青色體軀以宿主難以察覺的方式汲取所有營養。

路口轉角人潮往來，沒有人撐傘，沒有人在意雨霧，我壓抑著從後背包裡拿出摺疊傘的衝動，看了手錶一眼，跟著佯裝不在意。

一輛黑色轎車在對街駛進視線，車窗緩緩拉下，車內昏暗，直到駕駛探出頭，是老彭。我向他揮了揮手，他卻瞇起眼，像過往面對劉佬難以辨識的板書那樣，盯著我好一陣子，才對我喊了聲，毅仔。

紅燈轉綠，我走過斑馬線，來到轎車另一側，放好行李，打開車門，坐進副駕駛座。

「差點認不出你了。」老彭說。

「屁咧，我哪裡有變，你才誇張，看看你——」我說。

老彭舊有的那副方框眼鏡不再，膚色比印象中白，他下頷變尖，布滿淺青鬍碴，頭髮抹上髮蠟，左耳掛著藍芽耳機，深灰西裝黑皮鞋，不知名的香水味鑽進我腫脹狹塞的鼻道裡，直達腦門。

老彭挑挑眉，把嘴抿成一條線，意思是「不知道，就是一種感覺」。他踩下油門，我們駛進通往母校校區的街道。

系上的人總喜歡把我跟老彭視為一種組合，像連體嬰。你知道，大團體裡總會有對這類友誼關係的形容：有A在的地方，絕對少不了B——我們都是指考進來的，北漂念書，同寢室友，學號一前一後，課堂坐隔壁，同組做實驗，假日跑操場練馬拉松，無時無刻混在一起，不少人經常錯認我們的背影，女同學們更是竊竊私語，說我們其實是那種關係。

頭一次聽見傳言時，我和老彭不約而同對視彼此的臉，不到三秒，便雙雙爆出笑聲，邊笑邊搖頭，畢竟腦袋裡冒出的那些畫面對我們來說過於荒謬。

「謝旻毅，過來。」老彭深吸一口氣，憋住笑意。

「叫狗啊？」我不為所動。

「才不是在叫狗，我是在叫——我的寶。」

老彭走近我，故意捏起嗓子怪叫，我罵他噁心給我閉嘴，身旁同學小吳與詹跟著起鬨大笑。但只有我倆心裡知道，我們會這麼要好，甚至比好朋友還要好，並不是沒有原因——我們對於當上醫師都曾懷抱憧憬，即使我們不能。

我忘了我們是怎麼開始練跑的，只記得剛進醫大不到三個月，某天清晨，我和老彭一身濕透的排汗衫，坐在操場角落，望著距離學校不遠處那棟曾經是世界上最高的摩天大樓，發覺太陽來得愈來愈遲。

瞞不下去了，心底有股聲音這麼告訴我，即使我知道這件事或許根本沒什麼，只是要親口承認的當下，臉頰仍不可控制地發燙。

「我和你不一樣，其實我重考過兩年。」我低著頭，繼續說：「我一直覺得很丟臉，還假裝跟你們同屆。」

「所以醫技系是你第一志願？」老彭問我。

我搖搖頭，說起在重考班兩年度過的生活：集體合宿、早晨精神鼓勵、考前習題模擬，考後檢討會，夜間複習再複習。總是嬉皮笑臉的他，聽了難得露出感慨的神情，點點頭說：

「拚死拚活擠進醫大，誰不是為了『醫學系』那三個大字？」

老彭告訴我，明星高中出身的他曾是全家族的希望，所有人莫不期待家裡能夠出一位醫師，光宗耀祖，他自己也這麼認為。誰知道大考失常，醫學系無望，他沒有美術天分，不能當牙醫，對藥理也沒興趣，父親也曾拿出重考班的宣傳單，在餐桌上明示暗喻：「你小時候不是說，當醫師是你的夢想？」他確實說過，但七歲的他不會明白十八歲的他到底經歷了什麼，他不想重來，也沒有力氣重來，志願卡塗塗改改，分數不偏不倚，就這麼落在與醫學系差了一個字的醫技系上。

一個字究竟差了多少？

你不會想到入學之初，錄取一百人只有八十二人報到，來報到的大一同學們在班上組成小圈圈，成日研究討論該怎麼準備學期末的轉系與轉學考。

「你還想去參加轉系考嗎？」老彭問我。

「不知道。」

「我也不知道。」

那天清晨，我們自嘲著醫技系學的就是醫學系的皮毛，我們是跳板，是別人的仿冒品，我們在無人的操場裡愈笑愈大聲，在那笑聲裡，把某樣平時見不得人的東西從身體深處刨挖出來，和對方交換，再狠狠塞回去。此刻我們都深深明白，為什麼會肩並肩坐在這裡。

電梯纜繩暗中運轉，我們從地下停車場來到一樓大廳。

老彭說車子是公司給的，讓他平時出差用，今年初才剛搬來這棟社區大廈，離母校與附設醫院都近，與兩個PGY分租一層家庭式，門口還有警衛能代收包裹。

離開大廈，我們穿過街巷，走進騎樓。外頭下班時刻的莊敬路，車流永遠停滯不前，然而五年過去，大學商圈店面的更迭速度比我想像中還快。

老彭走在我前頭，自顧自地講，像位社區導覽員，細數我不在這裡的日子，哪幾家店倒了，哪幾家是新開的，只有少數，比方說位在母校附近的小快餐店「有志壹同」，從學生時代開始，價格猶如老闆娘那張嚴肅冷面，永遠波瀾不驚。五樣主餐，有肉有魚有蛋，加飯免費，每週換菜單，竟撐到現在。最令人難忘的，或許是店裡那四面亮橘色的牆，搭配鮮綠塑膠皮座椅，乍看違和的配色組合卻像某種心理暗示，讓人一走進去，飢餓感便源源不絕湧出來——但如今湧出的不只是飢餓了。

點完餐後，老彭從後背包裡拿出筆電。現在的他，在藥廠擔任臨床試驗專員，整日在各家醫院之間來回奔走，組織籌措各項新藥的人體試驗計畫。他面對螢幕敲打鍵盤，一雙眼袋泛著微微青色，帶著歉意說，再一下下就好。我點點頭，喝下紙杯裡的無糖麥茶。

座位鄰近窗邊，外頭細密的雨聲自門縫悄悄滲漏，填補因等待而沉默的空白。這樣等也好，讓我有時間琢磨，老彭在群組裡說的事。我沒告訴老彭，這是我之所以來台北的原因，只發了訊息告訴他，放榜了還是差一點點，心情不太好，想找人敘舊散心幾天。

只是當我看著餐桌前忙碌工作的他，不禁心想，這麼久沒聯絡，無論是此刻面對著面，或是群組讀到的訊息，一切竟有種不太真實的錯覺。

上菜了，老彭闔起筆電，吁了口氣說，先這樣吧。

隔壁桌的學生們正討論著Mix Ova，我們聽了不禁會心一笑，那是醫技系特有的實驗考試之一：每年暑假，劉佬會跟著母校的國際醫療服務隊前往非洲或東南亞各地，採集各種人體寄生蟲卵，將它們混合染色製作成玻片標本，在考試時，發給每位同學兩片。十分鐘計時開始，學生們各自坐擁一台顯微鏡，像考古學家，視線走進一片褐黃纖維渣滓構成的沙漠，尋找大小僅數十微米（μm）不等的蟲卵寶石，寫下鑑定結果，並向劉佬舉手搶答它們的拉丁文名字。

我想起劉佬曾說，鑑定寄生蟲卵，是母校醫技系出身醫檢師的必備技能。

寄生蟲學是大二必修，那時，我們依循學長姊傳統，成立班級讀書會，為每項必修專業科目製作共同筆記。得過一次書卷獎的老彭，自然被推舉為共筆長，至於成績僅次於他的我，則是共筆長底下的幹部之一，帶著幾位組員，負責整理那學期寄生蟲學的課堂筆記。

老彭對形態學辨識不在行，隨著Mix Ova考期將至，天天纏著我問，譬如該如何區分縮小包膜條蟲（Hymenolepis diminuta）與短小包膜條蟲（Hymenolepis nana）的蟲卵？或是布氏薑片蟲（Fasciolopsis buski）、牛羊肝吸蟲（Fasciola hepatica）與棘口吸蟲（Echinostoma spp.）它們的卵內顆粒特徵究竟有什麼差別？

「走啦——」老彭站在寢室門口，「一起啦，拜託。」

「玻片盒給你，今天你自己去。」

我頭也不看他，心底盤算今夜要讀的期末考進度，以及筆電中待審核的寄生蟲學共筆內容。

老彭見我沒反應，便開始奉承，「蟲王——求你啦——」

我關掉檯燈，從幾疊的原文書附近翻出劉佬給我們每組一盒的蟲卵玻片標本，我總是禁不起老彭的要求，也或許，沒有什麼事是他求不來的，我們總是在一起。

午夜時分，我們離開宿舍，在暗幢幢的實驗大樓裡，老彭抬抬下巴，示意我撬開氣窗，偷闖進寄生蟲學實驗室。只見老彭走到黑板前，直指牆邊鐵櫃裡那一排狹長玻璃罐中的各類蟲體標本，模仿劉佬語氣，煞有其事地拿起麥克風說，蛔蟲是油麵，絲蟲是麵線，條蟲是寬扁麵，今晚吃我下面還後面。

說完我們不禁摀嘴憋笑，深怕被夜裡巡邏的警衛發現。

好啦正經一點，我清清喉嚨，在漆黑的實驗室裡，倚靠來自顯微鏡底座的微弱黃光，告訴老彭，面對那些蟲卵，你必須有點想像力。

那是我少數有自信的時刻，在老彭面前，向他描述縮小包膜條蟲的卵殼偏厚，兩端稍尖，染色後就像一顆黃檸檬。短小包膜條蟲不易被染色，渾圓的形狀就像一片荷包蛋。棘口吸蟲的卵黃細胞顆粒粗大，整顆卵擁有礫石般的裂紋。而牛羊肝吸蟲與薑片蟲卵乍看相似，但仔細觀察它們的卵黃細胞，你可以分辨前者質地像細沙，後者則因卵殼能折射光線，使顆粒變得如玻璃碎屑般晶透。

夜間考前特訓結束，我們回到宿舍。我打開筆電，直盯待審核的共同筆記檔案裡一張寄生蟲生活史統整表格，上頭寫著第一宿主，第二宿主，最終宿主，意外宿主。當我要問老彭共筆編輯的事，他卻關掉寢室中央的大燈，爬上床，棉被逕自拉上，糊糊回了一聲，睡囉，明天再說。

沒想到那之後的Mix Ova期末考，老彭找到十七種寄生蟲卵，遠遠超過我的滿分十一顆，創下醫技系歷來的最高紀錄。

當我坐在台下，看著他沾沾自喜在台上接受劉佬準備的紅包獎金，周圍欽羨與歡呼聲不斷：「蟲王——蟲王——」我一方面替他感到開心，可另一方面想到他平時不斷求我，依賴我，對我發號施令，想到每一次他只顧著他自己的問題，儘管上床睡覺，想到他考試時坐我旁邊，與平常判若兩人，盯著顯微鏡，從容舉手不斷搶答，心裡頓時產生某股難以言喻的感覺。

老彭咬下一口麵衣炸得金黃的多利魚片，陣陣酥脆的咀嚼聲響把我拉回現實。炸多利魚套餐是他的最愛，他邊嚼邊嚷著好香，接著眼巴巴盯著我的盤子。無須多說，我自動把盤中最後兩片洋蔥燒肉撥給他，他馬上露出促狹的彎眼，分了一小塊炸多利魚給我，說交換交換。

我問老彭，所以訊息上他說自己得寄生蟲病是怎麼回事，老彭喔了一聲，說那好一陣子了，接著像是想起什麼，拿出手機，遞給我，上頭是數張人類大腦的ＭＲＩ圖，在額葉區，有四個直徑一到兩公分的不明黑點，那排列方式乍看就像骰子四點的圖案。

「是什麼蟲？」

「還是不知道。」

「那你現在，」我朝自己的腦袋比劃，斟酌用字，「真的——」

「我現在真的是『腦洞大開』的人囉。」

老彭說，不知道是藥物還是蟲入侵特定腦區的關係，他似乎喪失感知興奮或愉悅的情緒。他這樣若無其事拿自己開玩笑，我卻不知道該不該附和拉起嘴角，只好趕緊叉起盤子裡那一小塊多利魚，放入口中咀嚼，彷彿此刻我才是真正因為寄生蟲病而情緒中樞失調的人。

我想起這次北上見老彭之前，某個午夜，我一個人在台中老家後火車站附近的補習街遊蕩——我總是在那裡遊蕩——那時，學士後醫學系的錄取榜單公布了，上頭沒有我的名字，這是大學畢業以來的第四次。

真的只差一點點。好像每次我都對自己這麼說。

從復興路四段放眼望去，外語補習，公職輔考，研究所甄試兼備審資料製作，頂大醫科保證班，國考衝刺班，各式各樣的宣傳標語招牌，散發著異常濃豔的光，在這條賽道上，像耳鳴下的加油喝采聲，環繞每位力竭的跑者。

補習班外的玻璃牆面，我看不見自己的倒影，取而代之的是一張足以吞噬人的大面紅紙，以黑色馬克筆寫著大大的「狂賀」兩字，接著在底下羅列一個個夢幻科系與優秀的名字。

我坐在騎樓下的長椅，拿出手機。社群帳號的大頭貼照是大四時準備醫檢師國考時就換的，上頭黑底白字寫著「閉關中」。

訊息匣裡一片紅，未讀訊息滿載，我翻開裡頭的實驗課小組群組——裡頭除了我與老彭，還有小吳與詹——我才逐漸明白我離開的這段時間以來，老彭經歷了什麼事。

事情從某天公司例行會議開始，當時老彭在台前簡報，整個人突然像斷電般，倒在地上動也不動。一個小時後，他在急診室醒過來，全身肌肉僵硬痠痛，醫師拿出腦部影像，指著那四個黑點說，這些可能是寄生蟲，才讓你癲癇發作。

他住進醫院，粗針穿刺腰椎，抽出淡黃剔透的腦脊髓液，連同糞便送去檢驗科化驗，卻找不出結果。醫師讓他服下驅蟲藥，殺死寄生蟲，一週後出院，定期回診追蹤。後來的檢驗報告指出，原先懷疑的豬肉絛蟲（Taenia solium）抗體是陰性，卻驗出犬蛔蟲（Toxocara canis）的基因片段。灰階影像中，大腦的洞未有癒合跡象。

出院後，即使視力出現閃爍疊影，老彭依舊天天到藥廠上班，卻未曾習慣癲癇成為他的日常，經常忘記在每頓早餐過後服下一粒抗癲癇藥，於是發作輕微一點，他會在餐廳點菜時像是突然藍屏的電腦，言語失調，面部肌肉歪斜幾秒；嚴重一點便是自動關機，在人行道上砰一聲倒下，失去意識，待睜眼甦醒，才發現自己又躺回急診病床。

感染科與神經外科醫師們在晨會上對這個案例搔搔腦袋，決定召回老彭，把他送上手術台，麻醉，下刀開顱。白晃晃的手術燈下，一群身著手術衣的人們圍繞著那口切開來的粉色病灶位置，面面相覷——四個腦洞內空空如也，蟲屍早已不翼而飛。

我讀著老彭寫下的訊息，那些文字就像條蟲落下破裂的受孕體節，讓一粒無形的蟲卵注進我體內，依順血行，逐漸發育。幼蟲鑽進大腦邊緣系統組織，讓免疫細胞包埋成囊，蜷曲其中。我望著群組裡大夥兒一路回應著老彭的病況更新，心想這段日子自己究竟在哪裡。

於是在我的大腦中，似乎也存在著這麼一尾無形囊蚴，只要沉睡的牠稍稍翻身一動，邊緣系統亮起紅燈，引發出的愧疚感便有如地震波幅傳遍上下全身。

雨停了，我喝完最後一口無糖麥茶，老彭從錢包裡掏出鈔票，說要請客。

我看著他去櫃檯結帳，有些驚訝。在以前，他不喜歡與店員交涉，都是我幫他點餐、問問題、結帳，旁人見了常笑說我是他的褓姆、祕書或經紀人，如今難得換我站在店外，踏著信步繞圈，送走今日最後一絲暮光。

街燈正好亮起，老彭說我這麼久沒回來，要不要回醫大逛逛？我說好，正要往母校的方向前進，卻見他往反方向走。老彭走了幾步，見我愣在原地，他笑著指不遠處的美廉社說，買酒。

我們走進美廉社，穿過狹窄的零食區通道，來到深處的大型冷藏展示櫃前，鋁箔包、利樂包、寶特瓶、金屬易開罐在裡頭整齊如碑羅列。我們站在啤酒區，老彭彎腰隔著玻璃拉門仔細研究，我問老彭，癲癇發作的時候，是什麼感覺？

「怎麼說，就好像……」

此時，他來回搜索的視線凍結住，冷藏展示櫃裡的白光穿透玻璃，使他的臉變得異常蒼白，他下唇輕微顫抖，貌似要開口言說，嘴型卻在開闔之間徘徊。我站在他身旁觀察，身體不由自主跟著緊繃，彷彿也被困在這短短一秒內，動作不斷重複播放。

「彭立帆，彭立帆——」我低聲呼喚，想確認狀況。隨著兩秒，三秒，四秒過去，僵直的他突然噗哧一笑。

「媽的，別嚇我。」

他邊笑邊打開冷藏展示櫃的玻璃門，拿出我們最常喝的一手Asahi Super Dry說：「今晚這樣夠不夠？」

我們提著一袋啤酒走進母校側門，經過大禮堂，上週畢業典禮剛結束，大型活動背板仍留在角落，等待回收。

校徽廣場如同記憶中晦暗，只有幾盞地面投射燈照亮在鐘樓旁，或是樹叢裡，那些或青或白的雕像——希波克拉底、沉思者以及這所學校幾位重要的創辦人——像長年駐縛於此的幽魂。

我一路跟隨老彭的腳步，卻無心聽他說起校景的種種變化。剛剛在美廉社一度被他的玩笑搞得惱火，我知道，他總是喜歡用玩笑包裝一切，「認真就輸了」最常被他掛在嘴邊，整日漫不經心地笑，多敷衍。

有句話不是說，若A是B肚子裡的蛔蟲，那麼A是最了解B的人，我想，我從來就不是那條蛔蟲，而老彭肚腹曲折的腸道裡，肯定是這世界上最衛生乾淨的地方。

我們開始有一搭沒一搭談論群組裡其他人的近況，沒想到小吳竟拍電影追夢去了，詹研究所也許快畢業了，法醫耶，五年。老彭喃喃低語，時間過得真快。

短暫沉默過後，我問老彭，現在和詹他們還有聯絡？他們都還在台北？老彭突然停下腳步，從塑膠袋裡掏出一罐Asahi Super Dry，嘴裡直嚷，反正大家都忙，也不知道在忙什麼。

「敬——畢了就散了。」老彭笑嘻嘻拉開拉環，對空氣舉杯。

我看著他朝嘴裡灌了一大口啤酒，覺得準備學士後醫學考試這些年的時間，竟活成一場空白。所有人都在前進，我卻好像被固定在某個時空裡，坐在狹小的書桌前，整日與習題講義奮戰。

我們走過校徽廣場，穿越教學大樓的川堂，來到實驗大樓，說要去老地方喝酒。

走在實驗大樓一樓幽深的長廊，右邊是一間間不同學科的實驗室，左邊是架設一圈防護網的操場。過去我們曾在操場跑道上追逐彼此，一圈又一圈，那是熱愛跑步的我們最初產生交集的地方，卻也是曾經分道揚鑣的所在，我問老彭記不記得我們唯一那次吵架？

「吵架？你說我們哪次吵架？」老彭說。

我說起三年級下學期末要選實習醫院，「那天下課操場練跑完，你說你要選輕鬆又最搶手的母校附設醫院，要我跟你一起，我說我還在考慮，你說不用考慮啦，我們成績一樣好，肯定錄取，問我不然想選哪間，我那時死不告訴你，我不知道你有沒有發現，回宿舍後，我開始躲你——」

「有嗎？」老彭又喝下一大口啤酒，「我怎麼不記得？」

我繼續描述，唾液手汗不知不覺泌出，事情發生這麼久以來，我們從未真正聊過，「分發結果公告之後，你去附醫，我錄取了訓練非常嚴格的T院，後來我們開始冷戰，你記得嗎？住在同一個房間裡，卻不再聊天講話，很長一段時間，大概有一年吧，我們就像是陌生人一樣，直到國考前——」

黑暗中，啤酒鋁罐發出一聲微弱的哀號，瞬間在老彭手中扭曲變形，打斷回憶。

「我想不起來，」老彭說，「真的一點印象也沒有。」

「可能你早就忘了。」我說。

「剛剛你不是問我，癲癇是什麼感覺？」

「嗯？」

「呃，有一件事，我一直沒有跟任何人說，也不知道該怎麼講，或許你會覺得我瘋了。」

此時，我們正經過大體解剖實驗室，教室外的梁柱上掛著一面半身鏡，沒有人知道那裡為什麼永遠掛著一面鏡子，也沒有人臆測過。我緊盯老彭前行的背影，忍住凝視那面半身鏡的衝動，佯裝鏡子裡，或者教室，沒有任何可疑的東西。

老彭把空啤酒罐塞進塑膠袋，發出一聲酒嗝，繼續說：

「你知道嗎，自從有了癲癇，我的記憶，還有對時間的感覺，好像愈來愈混亂……我知道這聽起來很像在騙人，我自己也不知道為什麼，但每次癲癇一發作，我失去意識時，其實也不是真的失去意識，就是會……會感覺自己經歷了一些事，就像在作夢，你懂嗎？但那非常逼真，甚至會留下觸感的那種。」

「你怎知道那是在作夢？」

「不是不是，應該說，失去意識的那個瞬間，我感覺……就像是突然去到另一個世界，一個跟我原本認知的現實很像的世界，可是某些人，或是某些事的發展不太一樣。我想想——噢，譬如教寄生蟲學的那個老師……」

「你說劉佬？」

「對，劉佬前年死了。」

重考班閉關太久，我甚至不知道劉佬已經去世。

老彭說，訃聞公告在系友會的網路社群，卻沒有人知道劉佬為什麼死。

最多人流傳的是在一個清晨，他搭上前往美國學術研討會的班機，倚著窗外天光閱讀手裡那份這次即將發表的新論文，他打了一個呵欠，伸伸懶腰，決定小睡一會，卻從此一覺不醒。

可是隨著老彭癲癇發作，劉佬的死在他的記憶裡逐漸衍生出另一種版本：劉佬為了研究東南亞某種新型的寄生蟲生活史，他仿效早期那位研究鉤蟲的學者，將剛孵化的幼蟲放在自己的手腕內側，任由蟲鑽進皮膚感染，沒想到幼蟲意外入侵大腦，引發急性腦膜炎。在一個夜晚，他倒在研究室裡堆滿文獻的書桌上，檯燈照著他不再縮小的瞳孔。

寄生蟲在老彭腦中留下的洞，就像某種無法控制的能源裝置，讓他失去意識，甦醒，再失去意識，再甦醒，感覺自己像是穿梭在不同時空，久而久之愈來愈不確定哪個版本才是他現實裡的記憶。

「很扯吧？」老彭說。

我們站在走廊末端的樓梯轉角，老彭的聲音聽起來搖搖晃晃，讓我頓時不知道該怎麼回應他，我想試著緩和氣氛，盡可能讓自己語氣聽起來輕鬆一點。

「那現在呢？至少現在，我們，我是說，不可能連我們的見面也只是什麼鬼夢境，對吧？」

「我不知道……」

「你說什麼？」

「分不清楚了。」老彭一個人向前遲行幾步，終至倚牆停下，唇齒低聲摩擦，「真的分不清楚了。」

話語剛落，頂方的感應照明燈應聲熄滅，視桿細胞反應不及調節，我什麼都看不見，視覺僅存丟失時間與空間的黑，腦袋裡那尾無形囊蚴蠢蠢欲動，彷彿在汲取老彭剛才所說的一切。

我愣在原地，喪失移動能力，感覺周圍空氣再度悄悄凝聚某種潮濕的氣息。

當我回過神時，樓梯轉角處只剩我一人站著。

「彭立帆」三個字在實驗大樓的走廊上不停迴盪，我一邊尋找老彭，一邊心想他究竟在玩什麼花樣。

這一切愈想愈不對勁，會不會打從最一開始，根本就沒有寄生蟲病，沒有癲癇，這只是老彭希望我再次出現在他身邊的伎倆？

或許，他早就看穿我，知道我那時為什麼疏遠他，為什麼不跟他說話，為什麼畢業後幾乎斷絕聯繫，獨自準備學士後醫學系考試，現在又是懷著什麼樣的居心來台北探望。他有多聰明，就有多冷酷，他耐心蟄伏，只為了等待這一刻，甚至拒絕給予我任何機會向他告解。報復過去我耍的種種小動作只是其次，此刻他的消失，是要讓我明白，即使我再怎麼逃離，他知無不曉，無所不在，他才是永遠寄居在我肚腹裡，我生命裡的那條蛔蟲。

但如果真的是這樣，那麼記憶錯亂又是怎麼回事？

或許寄生蟲病是真的，癲癇也是，只不過劉佬真的死了嗎？我寧願相信劉佬只是不再教書——長期休假，轉職，或退休——就像所有教授終有一天會離開學校那樣。我們在劉佬那裡學了這麼多的病與死，卻從未想過有天這些也會發生在他身上。我想，老彭說的穿梭時空不過是一種情感上的譬喻，那些夢境般的內容是他的心智面對未知病痛時創造的防禦機制，用來逃離他日常的混亂失序與苦痛。

重新回溯我們的對話，老彭說要回母校，要去六樓天台的老地方喝酒，接著又提到死亡，會不會從我們見面最初，他就不斷暗示自己即將瓦解，而我從未察覺？

我害怕老彭會因此做出什麼傻事，於是爬上樓梯，逐漸加快腳步。黑暗中，我喘著氣，在每層樓的走廊上尋找老彭的蹤影，回憶隨腳步聲再次悄悄運轉。

那年醫院實習名單公布之後，緊接而來的是醫技系授服典禮。我和老彭身穿白色實驗長袍，在大禮堂舞台上肩並肩站，伸出右手，班上的第一名與第二名帶領台下同學宣誦醫檢師誓詞。那時仍不知道，我們沒有一個人能成為醫檢師，在宣誓完畢之後，我們分手，朝左右舞台退場，從此不再說話。

醫院實習是日常避不見面最好的藉口，我們在各自的臨床工作中發展起新的人際關係，新的生活，也意識到最好的工作夥伴未必是最好的朋友。下班後回到宿舍，我們偷聽彼此的鍵盤聲，卻不再關心對方眼前正在計畫的未來是什麼，而一切必須以自己為重。

畢業典禮變成一種形式上的告別，我們穿上學士袍，戴好學士帽，教授為我們撥動帽簷的黃色流蘇，學號九十三號和學號九十四號再次站在彼此身邊，從原本刻意不說話，到現在真正無話可說。攝影師叫我們站近一點，好，笑一個，三，二，一，喀嚓，所有人卯足全力衝刺準備醫檢師國考。

但最後我們是怎麼和好的？其實確切時間我也忘了，也許是國考前幾週，也許是國考結束後，只記得那天是下午，我從圖書館回到操場，看見老彭依舊在那裡跑步，他總是不斷向前，從不停駐等候。

我蛻下裝著筆記型電腦與補習班講義的後背包，穿越陽光下的人工草皮，開始跑，從第六跑道慢慢切進第三跑道，呼吸接管意識，身後似乎有人影悄悄鑽進眼角。

我盡可能注視前方，一直跑，後方愈發清晰的腳步聲暗示著我們的距離正在縮小。是老彭，他不知不覺來到我身邊，我們並肩維持著一段距離。他開始加速，我跟上，接著超越他兩步，他再跟上，再超越，如此反覆，我們愈跑愈快，一圈接著一圈，彷彿沒有終點。

那天最後，老彭上氣不接下氣，開口問我，要不要參加一〇一的垂直馬拉松？我蹲在地上喘，沒有說話，只是點點頭。

多年過去，我依舊記得那時候台北一〇一的大廳裡，紅龍劃出曲折的準備區，各家電視台攝影機對準裡頭正在排隊的我們與無數跑者，一聲槍響只為一位選手擊發，我看見老彭衝了出去，轉瞬間消失在樓梯間入口，等待間隔時間結束，砰的一聲，輪到我出發。

我不斷地跑，踩在這棟摩天大樓裡的白磚階梯，迴旋中不斷往上爬，我深刻明白，這場馬拉松是我們和好的紀念，是我給自己的挑戰，更是一場我倆都知曉的正面對決。

我爬過一層又一層樓，期望能看見老彭的背影，三十樓之後，感覺速度開始下降，我咬牙，穩住節奏，繼續向上。五十樓開始，我陸續超越一些慢下來走的選手，汗水鹽分刺痛視線，耳裡僅存劇烈的心跳聲，連舊手錶脫落在路上都沒有發現。抵達六十二樓之際，乳酸大量堆積，每個步伐異常沉重，我不再去想還有多少未完成的樓層，只抓緊那條樓梯扶手，以手臂肌肉帶動大小腿前進。精神在此刻超越即將失去控制的身體，在急促的呼吸裡，一步一步踏出，想像自己還在跑，還在往前，心臟隱隱作痛。或許在這個時候，我早已暗自下定決心，畢業後再給自己一次機會，我和老彭不一樣，我要證明自己不只有這個樣子，我要成為一位醫師，一位備受尊崇仰望的醫師，直到——

畢業後這些年來，我幾乎忘了該怎麼跑。

腦部熱氣充溢，被汗水浸濕的衣服緊黏身體，此刻的我胸口劇烈起伏，拉著橡膠皮早已剝落的樓梯扶手，逃生門早已被人推開，我跨越布滿鏽痕的門框，來到實驗大樓的六樓天台。

這裡依舊沒變，空曠，沒有照明。我和老彭總喜歡窩在這裡喝酒，看跨年煙火。很少人知道從六樓天台望出去，就可以看見台北一〇一懸浮在夜空，發散著點點青白色的光，它看起來是那麼近，那麼巨大，就連仰望也無法企及，像某些永恆不變的事物。而在那建築物的暗影之下，我依稀看見一個渺小的身影在女兒牆邊徘徊遊走。

我鬆了口氣，終於找到老彭。

但隨之而來的又是一股緊張自心底升起，他究竟在那裡做什麼？

於是我忍住大聲喊叫的衝動，藉著夜色隱身，放輕步伐走過去，繞過地上一個空啤酒罐，深怕任何驚擾都將會釀成大禍。

隨著我們之間的距離逐漸縮短，我發現水泥地上的空啤酒罐一瓶接著一瓶散落於四周，罐子愈來愈多，愈來愈密集，就像是埋伏在我和老彭之間的地雷。這些難道都是他一個人喝的？在我不在這裡的這些年？我扭轉步伐，小心翼翼不發出任何一點聲音，一步步往女兒牆的方向推進，直到啤酒罐幾乎覆滿了眼前地板，我再也不能過去。

我們隔著一大片啤酒罐堆，老彭背對著我低語，不曉得在說什麼。我不想嚇著他，決定要開口輕喚，沒想到這時他卻轉過身，雙手緊叉前胸，肩膀似乎正微微顫抖，像逃避我的目光般，只肯對著某個無人暗處說話。

黑暗中，我不確定他是不是在哭。

「對不起……」

「老彭？」

「毅仔，真的對不起……這每一天我……我都……我不該找你去跑……我不知道……這一切他媽的根本不該發生——」

「等一下，彭立帆，看看我，我——」

「我不是故意的，我不是故意的，我不是——不是——」

我伸出手，想安撫愈來愈激動的老彭。

啤酒罐堆發出一連串空洞的碰撞。

他倏地失去重心倒下。

或許是來自大腦裡的洞，電流突如其來流經身體，老彭的頭和右手正微幅抽搐，半闔的雙唇不斷重播最後的話語，像回音，像眼底逐漸消逝的殘影。

他到底在說什麼？

那天垂直馬拉松我們跑得很開心，不是嗎？

一時之間，我竟想不起剛剛在樓梯間尋找老彭時，心底原本想好要告訴他的話，很重要的話。我茫茫然蹲下，推開地上那些空啤酒罐，然後坐在老彭的身邊，努力回想，陪著他，等一切症狀過去，等他再次甦醒。

此時，樓外街巷裡一陣救護車的提示音由遠至近，像考試結束時響起的鈴聲，喚醒寄生在我腦中的那尾無形囊蚴，我聽見牠發出聲音，像劉佬，又像重考班與後醫考場裡每位面目模糊的監考老師，無比清晰地向我宣布：

時間到，現在開始回收試卷，請停止作答。

※本篇獲二〇二三年第十三屆新北市文學獎短篇小說組優等。

海參爬行的夜晚

二十八歲那年冬天，我騎著機車，獨自一人駛進這條窄仄的隧道。隧道裡，盞盞幽白的照明燈在透明面罩上閃逝，安全帽底下的我，削去五年長髮，換上素淨襯衫長褲，脫胎成一種社會的標準型，朝著光亮的洞口前進，一個新生的自己。不同於市區的日光，機車才一出隧道，來自山邊的潮冷如霧襲來。後照鏡裡，已經看不見隧道遙遠的另一端了。

一路沿著斜坡蜿蜒而下，我回到大學實習的醫院參加面試。遠遠望去，那棟漆灰色三連棟式的建築宛如一座大型墳塚，披掛著紅紅綠綠，標榜評鑑第一的布條墓紙，坐落在這長年陰雨綿綿，被濕氣與雲霧繚繞的城市邊陲地帶。

走進醫院大廳，採光天井被樹葉與泥塵斑駁覆蓋，經過多年，這裡依舊沒變。依循記憶來到電梯A區後方，打開逃生門，沿樓梯行至地下一樓，經過停車場旁邊的太平間，拉開一道塑膠摺疊門簾後往右轉，蒼白的走廊上低頻機械運轉聲隱隱迴盪。

走廊盡頭處，不鏽鋼大門上方的牌子掛著大大的「檢驗科」三個字。

按下訪客鈴，大門發出嗶嗶的解鎖聲。我緩緩推開門，看見裡頭幾十個身穿白色實驗衣的人影在機器間來回穿梭。這裡，或許就是我未來工作的地方了。

小會議室裡一片安靜，外頭一陣急促的皮鞋聲響起，門被拉開，白袍一閃，連自我介紹都免去，主任在偌大白板上快速寫下薪資福利云云，雙手交叉倚在牆邊，推了推金框眼鏡，問我現在大夜班缺人，上大夜有沒有問題。

「沒有問題。」我別無選擇。

主任鬆一口氣，拉了張椅子坐我對面。他挑起眉，看著我的履歷，抑不住好奇，問我：「你真的跑去拍電影？」

我點點頭。

「你們那屆實習生裡面，我對你印象最深刻。」他拔下眼鏡，繼續說，「你讓我想到以前的自己。當初發誓死不做醫檢師，一畢業就跑去賣車賣靈骨塔，想自己闖，結果最後還是回到醫院，一做就是三十年。你看，現在都已經是個檢驗科主任了。」

他舒坦地往後一靠，卻又像想起什麼突然正襟危坐起來。接著是一連串的叮囑。大抵是看好我，要我好好幹，他要讓檢驗科不再被醫院裡的其他單位看扁，要我跟著他一起改變。

主任聲音沉穩，言詞鏗鏘激昂，聽得我一下子莫名沸騰起來。談話最後，我們站起來，主任伸出手，我就像從他手中接下一根看不見的接力棒，他嘉許般大力地握了握。

走出會議室，碰上醫材公司的小老闆，他收起手機，熱情迎向主任。

「來，跟你介紹一下我們新人，之前還去拍電影做副導。」主任笑著向對方介紹我。

「沒有啦，我只是場記——」

「我想想，你說，你那部片叫什麼？」

「呃，叫《灼眼真相》。」

「這麼厲害？那找時間一定要來欣賞一下。」小老闆誇張地豎起大拇指。

會議室的門再度關上，外頭圍觀的學長姊湊上來，像拿著麥克風的記者，問我為什麼回來？

「是不是薪水太少？」一個聲音冒出來。

「還是被人欺負？聽說那裡很複雜。」又一個聲音。

「啊，我知道了，是潛規則。演藝圈這麼黑暗，沒錯，一定是這樣。」

最後一個聲音做出結論，大家發出「喔——」的曖昧長音，彷彿了解什麼，一哄而散。

我站在原地乾笑著，心想答案這麼簡單，為什麼我卻回答不出來？

忘記從哪天開始，我決定不拍電影了。

醫學大學畢業之後，身邊的同學不是投入臨床，就是進了最好的三類組研究所，而我卻像個異類，憑藉大學時代拍了幾部得獎的小短片，就天真以為自己是拍電影的料，也不顧親友勸阻或訕笑，穩定的生活不要，偏要往苦裡鑽。退伍後幾番輾轉，竟幸運地混進電影圈當起場記，跟著劇組過起在各地漂流的日子。

拍攝現場，我仔細觀察，畫下每顆鏡頭畫面，記錄演員的服裝、台詞、走位、使用道具，注意聲音與光源，在一張張場記表上完整重現每一場戲。

剛開始，這的確很難，我根本無法記住片場裡的所有細節，可是久而久之，就會明白一個訣竅——只要你放下自己，讓自己成為他人的容器。

說長不長的五年，我在工作的縫隙裡，日以繼夜地寫下各式各樣的故事大綱與劇本，投稿比賽，四處向製作公司提案，但一切就像沉入大海般，那些文件檔案似乎註定被永遠封存於海量的電腦資料夾之中。

現實逐漸令我無法闔眼。戶頭大於創作，生活壓力逼仄成自我質疑。

那個說著要自編自導一部電影長片的人去哪裡了？

當我告訴劇組裡的朋友，我想我該回醫院了。對方聽到只是頓了一下，淡淡地說，也好，回歸本行也不錯。

詭異的是，在拍片現場，我這個整日抄抄寫寫，被喚來叫去的小場記，回到醫院，大家卻導演導演地叫，我倒成了一位手握微量吸管，把血清滴進一排排康氏管的「吳導」。

每次聽到，總讓我陷入一種既羞愧卻又感到飄飄然的複雜情緒。

兩個月的新人訓練結束後，我正式進入大夜班。不同於白天的嘈雜，半夜只剩兩個人值班的實驗室顯得特別安靜，儀器規律的運轉聲彷彿呼吸。我小心翼翼吸取回溫好的品管液，注入一排玻璃試管，準備進行儀器品管測試。

「還好嗎？」孟哥戴著口罩，略帶乾澀的聲音從我身後傳來。

我點點頭。他翹起大拇哥，比了個「讚」的手勢，便像隻鯨豚緩慢潛入其他儀器裡繼續他的保養工作。

孟哥是這裡最資深的大夜人員，粗框眼鏡底下一雙瞇瞇眼，加上安靜話少，一開始總讓我分不清他是清醒還是睡著。

和孟哥變熟，是因為抽菸。

在片場染上的菸癮，回醫院後一時間也戒不掉。剛開始，我常藉口尿遁，跑到一樓後門外一處路燈下的小空地偷抽幾口，偶爾跟偷閒的警衛擋菸借火。

就在大夜班第二個禮拜的某一天，我說要去廁所，孟哥卻叫住我。

「要抽菸講一聲就好，沒關係的。」

我吸吸鼻子，心想難道身上的菸味太重了？

「看你都跑去樓上，其實不用跑這麼遠啦。」

「嗯？學長也有抽菸嗎？」

只見孟哥逕自走到生物安全櫃前坐下，打開燈，按下抽氣系統，馬達聲隆隆運轉起來。

「記得關掉警報器，這樣拉過線的時候才不會響。」

孟哥把屏蔽玻璃拉開，直到頭能伸進去的高度，接著伸出手心。

我回過神，胡亂從口袋裡掏出菸給他，正想幫他點火，他卻示意我把打火機收起來，嫻熟地把他的頭側伸進安全櫃裡，就著旁邊一台燒紅的接種環滅菌器點菸，然後深深吸了一口，吐出的白煙瞬間被抽吸乾淨。

我掏出另一根菸，也照著做。孟哥擠弄他的瞇瞇眼，又對我比了個「讚」的手勢，彷彿那是只有我倆才知道的祕密。

從此之後，只要與孟哥搭班的夜晚，我們都在實驗室裡不著痕跡地吞雲吐霧起來。

每天上班前，我總祈禱今晚是個「平安夜」。沒有車禍酒駕，也沒人病危自殺，沒有來自急診病房的緊急電話，所有人平平安安，我們就能安靜從容地將實驗室裡所有儀器保養好，在天亮之前，擁有一小段充分休息的時間。

在這半夜的閒暇時刻，我不外乎用一部電影度過，但孟哥不一樣，他可是Undersea的忠實觀眾。

那是一個外國的海洋科學組織，將隱藏式攝影機架在世界各地的海床或珊瑚礁岩，即時觀察海底生態的二十四小時網路直播節目。網站地圖上，每座海域被濃縮成一個個圓形視窗，如同顯微鏡的視野，只要任意點選，就能讓整個電腦螢幕變成一方水族缸，觀察海洋生物的一舉一動。

我總笑說這是在當警衛看監視器畫面，但每當孟哥面對眼前的湛藍，鉅細靡遺地向我描述豹鰨是如何改變皮膚細胞上色素微粒的排列，潛伏在沙子裡獵食，或是燈塔水母能從腐爛衰亡的身體中重新聚合細胞，回到初生的形態延續自己的生命，我總從他發亮的瞳孔裡看見曾經的我自己。

「這麼喜歡海，幹麼來當醫檢師？」我問孟哥。

他沉思了一會兒，抬起頭反問我：「那你，你又是為什麼回來醫院？」

我正想抗議他逃避問題，但血庫窗口的門鈴卻打斷了對話，我不得不走到血庫替老趙開門。每當半夜巡邏結束，他最喜歡來我們這裡串門子。

「媽的，今晚真的是要冷死我了，猜我帶了什麼好料？」老趙對著我舉起一瓶金門高粱，自顧自地走進來。

「唉呦，來來來，新人喝一杯。」

「大哥，可是我們值班——」

「別拖拖拉拉的，就一小杯，來，喝。」

我有些為難地看向孟哥，他用眼神示意我一小杯沒關係的。

我舉起小酒杯一飲而盡，一股熱辣蔓延整個喉嚨。

「你學長跟你說了沒有？」老趙又從懷裡掏出另一個小酒杯。

「說什麼？」

「咦，還沒說？罰你一杯。」

孟哥笑著接過斟滿的小酒杯，說他講不有趣，讓老趙講。

「你知道我在這做保全快三十年，哪一科的鬼故事沒聽過。你們等等就要開始忙了吧，別說我老趙沒提醒，這大半夜的電話別亂接，要是你碰到一個沙啞的問你，學弟，今天跟誰上班啊？千萬別回答他！那是好久以前你們一個大夜班的學長，聽說壓力太大，瘋了。剛開始常請假，到後來就沒上班了。邪門的是，在那之後，有人開始會在值班時接到他的請假電話，這只要通過話的，回家立刻高燒大病一場，不信你問你學長，他就是這樣。」

我看向孟哥，孟哥搖搖頭，說他沒接過。

「怎麼可能？這裡就你當家最久，難道是我老糊塗了？我想想，還是那個姓蘇的叫什麼來著……」

「趙大哥，你喝醉了。」孟哥看了時鐘一眼。

我扶起老趙，送他到門口，他用食指戳了戳我的額頭，說：「新人，記住了沒，不要出聲，直接掛上。」

「好，知道了。」孟哥替我回答，一面把酒瓶酒杯塞到老趙身上，一面回頭跟我說：「準備一下，晨血要開始了。」

送走老趙，我們分頭確認所有分析儀器的狀態，當一切就緒，孟哥按下播放鍵，喇叭緩緩送出薩克斯風的前奏，我們準備好迎接晨血檢驗。

最近我們都在聽George Michael的系列專輯，孟哥最喜歡的就是〈Careless Whisper〉，反覆聽了一遍又一遍。在只有我們兩個人的實驗室裡，孟哥輕輕哼唱起來：

I'm never gonna dance again.

Guilty feet have got no rhythm.

Though it's easy to pretend.

I know you're not a fool.

凌晨四點一到，跟著節奏邁開步伐，在收檢窗口接下全院各個樓層的檢體包，撕開夾鏈袋，抽出檢驗單，點收試管，默念核對病人姓名病歷號。

紅外線刷過條碼，貼紙撕下貼上，一個動作發出一個單音，單音結成旋律，綴上計時器叫聲與儀器運轉聲融鑄成一條聲部，一種嗡嗡的振翅聲，我們像巢裡的蜂群，運送血液尿液糞便檢體，在各組之間忙碌地跳著八字形的舞蹈，在電腦與顯微鏡中釀出每一份報告。

報告系統上，黑色數字表示正常，綠色是相較上次數值有變化，滿滿紅色的方條則是必須電話通報的危急值。我按下分機，通知護理師，然後被動地等待醫師決定這份報告該不該發。

我想起有一次同樣是危急值，才剛說出病人的床號，電話那頭立刻傳來一聲：「直接發。」

「可是我還沒報data。」我愣了愣。

「沒關係，他已經expired了。就直接發吧。」

電話掛上。我按下覆核鍵，發出報告。Expired，過期，在醫院裡我們這麼稱呼死亡。那些曾經證明或代表什麼的數字，在此刻也不過是一組有效期限，描述著被真空試管保存起來，生命變質的那一刻。

在實驗室裡觀看死亡，其實不亞於急救現場的震撼，更多時候是一種只能眼睜睜旁觀一切的無力感。

醫檢師記錄、監控每一個生命數值的變化，在報告裡重現每一場生死戲碼。原來回到醫院，我仍是在做一直以來我最熟習的事：觀看，記錄，放下自己，成為一個他人——儀器？醫師？或者某種在生命背後操控的力量？——的容器罷了。

但光是看就好像永遠看不完。

「小吳，8A病房12床的血液報告怎麼還沒出來？」孟哥在實驗室後面喊著。

「幹，要看片啦。」

「那你還要多久，他們在問。」

「叫他再給我十五分鐘！」

烘片機上排滿十幾片血液抹片，這裡全是血液腫瘤科的病人。我挑出抹片，栽進顯微鏡裡小小的圓，在視野中計算分辨不同型態的白血球，電子計數盤上紅色數字飛快跳動。

我瞄了時鐘一眼，六點半，此時整間醫院的護理師、醫師都醒了，他們交頭接耳，準備七點晨會報告，在病床前來來回回走動，刷新頁面，等待空白的欄位出現數字。

催報告的電話鈴聲在實驗室此起彼落，檢體持續如海潮般一波波湧入。簽收，上機，覆核報告，簽收，上機，覆核報告。在重複之中，我們逐漸演化成一顆顆面無表情的齒輪，在長長的生產線上輸出報告，直到八點白班接替我們的位置，工廠持續運轉。

嗶嗶，打卡。我和孟哥走出醫院，陽光刺得我幾乎睜不開眼。

站在路口，臉泛油光頂著黑眼圈的我們，與馬路對面一大群上班族學生形成明顯對比。我想，所謂上下班，不過是一批批齒輪交替上陣的過程，一顆齒輪壞了，永遠有新的齒輪能夠遞補上。

「好餓，等一下要吃肉排漢堡加鮪魚蛋餅跟豆漿。」孟哥揉著眼睛說。

「快渴死了，先來杯大溫紅再說。」

紅燈轉綠，冷風迎面吹來，我們在人潮中逆行，彷彿跨越一道換日線，用早餐結束一天。

日復一日，我開始過著陽光中睡去，黑夜裡醒來的生活。

晚上出門參加劇組友人的婚禮。在婚禮上，大家差點認不出我，紛紛稱讚我短髮比較好看，他們都笑說，終於人模人樣了。

回到醫院不過才四個月，熱鬧的酒席之間，我一句話也插不進去，或許整桌裡面，吃最飽的只有我。

好不容易捱到散會，我脫離眾人，到飯店大廳的洗手間上廁所。站在小便斗前，餘光瞄到一個高大的身影朝我靠近，接著感覺有什麼抵住我的腰。

「不許動。」低啞的聲音命令我。

「靠北喔。」拉上拉鍊，我笑罵著。即便許久沒見，還是立刻認出了大薛。

「新銳導演，來現場怎麼沒有揪一下，怎麼樣，影展好玩嗎？」

「法國超美的。叫什麼新銳導演，找死啊？」大薛玩笑似地扣住我的脖子，我們一起走出飯店。

四年前，我們一起在山上拍了兩個月的電影。大薛和我很像，法律系半路出家，早我幾年入行，加上都在導演組，我們特別有話聊。我記得在殺青酒宴那天，我們在一家海產店，還是助理導演的他醉醺醺地告訴我，一定要拍一部自己的電影出國得獎，如今，他真的做到了。

「聽江導說你後來回去醫院了，怎樣，還行嗎？」

「整天摸屎摸尿，感覺很差。」我苦笑回答。

「但醫院薪水應該不錯吧。」

「普普通通啦。」

我們走進捷運站，大薛問我要不要跟另一個劇組的朋友續攤，我說晚點還要上班，下次再約吧。

捷運窗外是一片深沉的黑，其實今天放假，但在那個當下，我卻騙了他。突然有訊息傳來，又是大薛。

——在醫院會很忙嗎？

——怎樣？

——我這裡有個劇本案子，想找人幫忙看看。

——好，我考慮一下。

——有空來探我班吧。

——一定。

我關掉對話框，厭惡這樣的自己。準備收起手機，又有新的通知進來。

——您有一筆新台幣存款52,351元入帳。查詢薪資明細。

我把手機關機，走出捷運站，抬頭看了一眼懸在上空中發著紅光的醫院招牌，接著往員工宿舍的反方向一路直行，轉向蜿蜒的上坡路段，來到當初來醫院時經過的那條隧道。

深夜的隧道沒有半輛車經過，我往裡面看，想看清楚隧道的另一端，然後開始走，很慢很慢，走到盡頭就轉身，沿著一排幽白的照明燈，在這條窄仄的隧道裡來來回回。菸一根接著一根抽，在天亮離開之前，我把口袋裡的空菸盒丟在隧道口，踩了幾下，然後看著它被今天通過的第一輛、第二輛、第三輛車輾壓，直到完全貼合柏油路面。

又過了多少個午夜，我抱著一杯咖啡，走進空蕩蕩的一樓大廳，經過迷宮般曲折的樓梯走廊，回到這扇再熟悉不過的金屬大門。工作證刷卡，門開，主任一身酒氣地站在門後，見到我，他拍拍我的肩膀，便走出科外。

交班時，聽小夜班的涓姊說，原來主任跟副院長和急診主任一起請轄區內的消防分局吃飯喝酒，誰知道喝了太多，剛剛才回來小睡一會兒。

「唉，主任真的好拚。」

「畢竟，醫院還是有『業績壓力』的啊。」孟哥回答。

我一面拿紗布擦拭保養儀器的探針，一面心想剛才在門口遇見的，會不會是待在醫院三十年後的我？

「小吳，你看這個。」孟哥招呼我在他旁邊坐下。

螢幕裡，一隻巨梅花參在海床上緩緩爬行，孟哥指著牠尾端一張一縮的泄殖腔口，有些微的海沙隨水漂流，腔口持續收縮，接著突然噗噗噗拉出一長條狀的海沙，就像排便一樣，那股安靜中猝不及防的荒謬感，逗得我們忍不住哈哈大笑起來。

「你知道嗎？如果離開海水太久，牠們身體裡有一種自溶酶，會把自己溶化成一灘水。」

孟哥看著海參說。

「為什麼要自溶？」

「也許是受不了沒有海水的地方吧。」

突然一陣鈴聲疾響，孟哥接起手提電話，臉色一變，快步走進血庫。

「怎麼了？」我跟了過去。

「啟動緊急大量領血。等等病人還要進開刀房。」

孟哥在白板上記下病歷號與數量，從冰箱中拿出好幾袋血，快速撕下上頭的血袋號碼貼在尖底管上。不一會兒，急診護理師氣喘吁吁地跑過來，抓起血袋，一下子消失在血庫窗口。

在那之後，實驗室就忙了起來。

血庫電話不斷尖聲響起，孟哥坐鎮血庫，在窗口與直通刀房的升降電梯之間來回奔走。我看著線上系統的急診人數莫名飆升，心裡猜想，肯定是發生什麼意外了。

凌晨四點，晨血檢體加入戰局，但領血、備血速度依舊沒有減緩，孟哥困在血庫裡，我接手其餘所有組別，眼審數字，手上檢體，電話計時器隨侍在側。我忘記時間，丟失感官，讓操作化為不經思考的反射，在偌大的實驗室裡一圈又一圈地跑著，窗口永遠有新的檢體在等我。

下班後，我一跛一跛地走進休息室，看見癱坐在椅子上的孟哥，我們相視苦笑，此時乾燥的嘴唇迸裂出一陣痛，接著是腫脹灼熱的膀胱，我才意識到自己完全忘記要休息了。

早餐店的電視機裡，起重機吊起山溝裡扭曲殘破的客運，緩緩放置在交流道旁，記者在一旁報導凌晨發生的交通意外。

「難怪，剛剛出來看到外面停了一排電視台的車子。」我嚼著蛋餅，卻看見孟哥睜著眼睛一動也不動，直到我叫了他第三遍，整個人才回神過來。

「你剛剛血庫還好嗎？感覺很可怕。」我問。

「被刀房嗆啊，說給個血還這麼慢。」

「我也是，每個病房都在追殺我，口氣有夠兇，電話一來就問報告，有的甚至說，你們不就是丟給機器做？我只能告訴對方，因為現在只剩下我一個人。」

「我看，還是當一隻海參比較快樂。」孟哥突然冒出這麼一句。

「啵啵啵，每天拉屎不用被催報告，好快樂。」我手縮到胸前，模仿起海參在海底爬行的模樣，跟孟哥在早餐店裡笑了好久。

吃完早餐，我們在巷子口分手，我笑嘻嘻地對孟哥說：「海裡見。」

孟哥微微一笑，沒說什麼，只是揮揮手，便往他租屋處的方向回去。

隔天上班，我走進科裡，卻看見原本今天休假的同事涓姊，站在衣櫃前換上實驗衣，問了才知道原來是主任要她臨時替孟哥代班。

「咦，你不知道嗎？」

「怎麼了？」

「他要完蛋了。早上不是有大車禍嗎？他在血庫給錯血，結果急診輸到一半發現異狀趕緊停輸。現在好了，人被送到加護病房，我猜應該快不行了，聽說家屬考慮要告。」

我愣在原地，不知道該說什麼。

「真的很誇張，都來快六年了，怎麼還會犯這種錯？中午他被主任約談完，回去後就說晚上要請假，你看，結果就衰到我。」涓姊撇撇嘴，梳了梳她的短捲髮，逕自走進工作區。

我傳了訊息問孟哥，但他隻字未回，之後也沒來上班。

三天後，科裡所有人在主任的特別要求下，參加了月底的品質會報。會議室裡，各級主管報告這個月的檢體業務量與營收狀況，副主任開心地上台宣布，這個月我們檢驗科為醫院創下今年最高的營業額。

「啊有什麼用？又不會多給我們錢。」坐在後一排的涓姊低聲碎念。我偷偷瞄向我旁邊的孟哥，他兩手來回交握，盯著桌面上的矯正單發呆。

接著副主任話鋒一轉，提到這個月的異常事件。

「那個，林孟洋，你上來吧。」副主任招招手。

孟哥一個人走到台上，手中的矯正單微微顫抖，向全科報告自己的失誤。

「可以再說清楚點，到底是哪個環節出錯了？」組長舉手提問。

「你有什麼方案避免以後這種錯誤發生？」品質主管說。

「若家屬決定提告，我想我們有必要釐清責任，不然這樣對科的傷害很大。你怎麼想？」主任說。

投影機的光在孟哥臉上逐漸歪斜變形，他支支吾吾，吐不出半句完整的話，只見臉色愈發蒼白，冷汗泌出，到最後雙眼突然一瞠，孟哥來不及摀住嘴，就在講台上嘩啦啦地吐了出來。

眾人驚叫，主管們面面相覷，孟哥一面道歉，一面踉蹌地逃出會議室。我跟著衝了出去，卻瞥見講台上那一大灘黑褐色的食糜黏液，竟像個無底洞在會議室的地板上慢慢擴散開來。

廁所上鎖，我站在門外，聽見裡面不時傳來的幾聲乾嘔。

「學長，你還好嗎？」我敲了敲門。

「全搞砸了。」孟哥微弱的聲音從裡面傳出來。

我焦急地在門外踱步，卻想不到任何一句話能夠回應他。

「在這裡，是不允許犯錯的。如果我再小心一點，再注意一點……沒有如果……沒有……怎麼辦，我真的害了一個人，我沒有資格在血庫，沒資格做這個工作，我好怕我又再錯一次……」

廁所的門被緩緩打開，我看著蜷縮在地板上的孟哥，就像一條離了水的海參，他臉上的那些鼻涕淚水，以及嘴角殘留的食糜黏液，整個人在此刻像要開始融化一般，我看不清他的臉是什麼模樣了。

兩個星期後，被輸錯血的病人走了。雖然最後家屬並未提告，但孟哥也在病人過世後的一個月裡向主任提出離職。

那一個月裡，孟哥洩了氣般整整瘦了一圈。

他變得更加沉默，在工作之外的時間，都躲進電腦螢幕上的那一方藍，獨自潛入海底，在荒蕪的海床上來回搜尋那隻緩慢爬行的海參。

我們不再說話，不再聽音樂，就連老趙，他也只是在檢驗科對外的窗口對我招招手，向角落裡的孟哥投以憐憫的目光，便悄悄消失在走廊深處。

此後整個實驗室陷入真正的死寂，甚至在孟哥離開醫院的那天，我們也沒有見到面。

為了補齊人力，主任迅速安排涓姊來接替孟哥的位置。和她上班的第一天，涓姊就在實驗室裡劃定兩國疆域，她說：「這一區實驗歸我管，另一區給你，我們誰也不用幫誰。在醫院，這樣最能保護自己。」

檢驗科裡永遠燈火通明，一批又一批醫檢師輪流接替，在顯微鏡，在培養皿，在試管前反覆操作相同的實驗內容。對於那些有關生命的數據，我愈來愈熟稔，面無表情地抄寫，輸入，發出報告，和所有人一樣充滿效率，與機器嵌合為一，變成真正的齒輪，這蒼白工廠機械體的一部分。

轉眼間，又是冬天。

涓姊時常坐在電腦前，看著那些紅紅綠綠的股票數字，語重心長地告訴我：「導演，醫檢師吃不飽又餓不死，你要懂得為未來投資。」

一日上班，她突然嚴肅地問我：「導演，這個爛地方你還要待多久？」

不等我回答，她左顧右盼，自以為神祕地壓低聲音說：「偷偷先跟你講，我已經提離職了，下個月就要走。」

「那妳之後要去哪工作？」

「已經在投履歷了，還在等通知。倒是你，趁現在好好學啊，等我離職之後，大夜班裡就剩你最資深了。知道嗎？最。資。深。的。」說完涓姊笑了，那笑聲在實驗室裡迴盪，久久無法散去。

凌晨四點一到，照例迎接晨血大批的檢體，我負責的生化儀器卻在此時當機。電話聯絡工程師，在對方指示下拆卸外殼，才發現某條管路因過於老舊而裂開，裡頭的試劑藥水全部滲進零件，機台無法運轉了。

掛上電話，工程師兩個小時後才能趕到，我愣怔地看著壞掉的機器，電話鈴聲又再次響起。

「您好，檢驗科。」我如常接起電話。

（導演，可以過來看一下嗎？）涓姊的聲音從別處傳來。

「喂？」電話貼緊耳朵，話筒另一端隱約有些什麼。

（導演，你有空嗎？）人聲干擾不斷。

「喂？喂？聽得到嗎？」我瞇起眼，稍微提高音量。

（欸導演，導演——）

「別再叫我導演了可以嗎！」

在那驟然安靜的瞬間，話筒裡，先是一陣雜訊，接著好像是海浪，我聽見海浪的聲音，從另一端一波一波湧向我。然後又是一陣斷斷續續的雜訊，彷彿要傳遞什麼訊息。不要出聲，直接掛上。老趙的話倏然浮上心頭。

但我還來不及切斷通話，那些海浪，那些鬼魅般的雜訊就如同黑暗中閃逝的火光，轉眼就被掛斷的嘟嘟聲取代，留下站在原地的我。

回到宿舍，躺在床上，那通詭異的電話沒有讓我發燒，卻讓我徹底失眠。

外頭細雨爬滿了房間的窗，也靜靜映在我的臉上。閉上雙眼，我彷彿看見孟哥變成一隻海洋生物，不是豹鰨，也不是燈塔水母，而是一隻黑色的巨梅花參，帶著一具空空的軀殼，在海床上孤獨地爬行著。

只因我想起孟哥離開醫院的那天，我的置物櫃裡出現一張皺皺的紙條，上頭歪歪斜斜的字寫著：

海裡見

下了床，我翻開皮夾，打開衣櫃，翻找每一件衣服褲子的口袋，卻發現孟哥留給我的那張紙條，不知何時，已經被我弄丟了。

頹然坐在書桌前，我重新打開電腦裡封存已久的資料夾，把過去五六年以來我曾寫過的每一個故事大綱、每一份電影劇本打開，坐在房間殘存的夕陽光照中，看著密密麻麻文字裡的游標，一閃一閃，一閃一閃，直到天色完全暗下來。

提醒出門的鬧鐘響了，我關閉所有文件檔案，把所有故事都丟進了資源回收桶，全數刪除乾淨。

如常的黑夜，我走進醫院一樓大廳，平時空曠的座位區多了一個高大的人影，我輕輕地走過去，感覺到對方的視線，那人用低啞的聲音向我打了聲招呼，隨即跟上來。我不理會他，加快腳步。他問我你還好嗎，我沒回答，逕自走到電梯A區後方，打開逃生門，下樓梯至地下一樓，他持續跟著我，問我有沒有收到他傳來的劇本。

「小吳，小吳！」他在後頭叫著。

那個人到底在叫誰，我不知道，我只知道上班快遲到了，迅速地穿越停車場旁邊的太平間，拉開塑膠摺疊門簾，往右轉，在蒼白的走廊上朝向盡頭那扇不鏽鋼大門一路狂奔。

拿出醫院發的工作證，嗶嗶，解鎖開門。

我衝進檢驗科，喘著氣，身後的聲音不見了，卻在不鏽鋼大門關上之前，清楚聽見空氣中傳來一陣〈Careless Whisper〉的薩克斯風前奏。

※本篇獲二〇二一年第二十一屆東華奇萊文學獎短篇小說評審獎。

石蠟塊

蓮蓬頭水柱一把劃開不斷騰捲而上的水蒸氣，詹閉上眼，任由水蛻去身上那一層綿密泡沫，像一件正在融化的白色針織衫。

泳池自主訓練結束後的夜晚，詹回到一個人住的租屋套房洗澡。他渾身赤裸，發散熱氣，跨出浴室淋浴間的矮檻。記得剛搬進來時，腳小趾曾因此撞絆過幾次，痛得他叫出聲來，卻也驚訝自己竟能發出那樣低沉的聲音。

水還在滴，詹抹了抹鏡子，一連比劃幾個姿勢，像健美選手。

他的胸肌不若其他有在重訓健身的兄弟們飽滿——沒錯，圈子裡常稱呼彼此為「兄弟」——但至少結實，下緣處一道淺色疤痕，是多年前手術的印記，說明這裡不再是一對垂墜的脂肪與結締組織。

過去這十六個月，詹感覺自己活得像位雕塑家，如果身體是一塊石蠟，荷爾蒙藥物為他鑲上一顆喉結，削低聲線，精雕鬍鬚與遍布四肢的毛髮。在泳池，他感覺比以往更有力量，抬手，入水，向前划。他夜夜雕琢這副身體，刻出線條，讓該寬的更寬，窄的更窄，企圖使一切稜角分明，可當霧氣再次沾染鏡面，鏡子裡的他又變回泛著模糊毛邊的身影。

腳邊積聚起一灘水漬，詹低下頭，望著空蕩蕩的兩腿之間，心想。

這樣足以成為一個男人了嗎？

當他再次抬起頭，鏡框裡的人影竟成了今早遇見的那具屍體。

這是法醫研究所本學期實務見習課的第一具，詹和兩位修課的同學在法醫導師的指揮下，把它從冰櫃裡抬進殯儀館的法醫解剖室，等家屬來。

卷子裡詳細記錄相驗結果，還夾有幾張員警拍攝的現場照片——七樓公寓裡的一間臥室，單人床，木地板，四面空白牆壁，桌機旁的幾尊公仔。白色童軍繩像一條長長的臍帶，源頭是衣櫃裡的不鏽鋼掛軸，末端纏繞在一位十八歲男孩的脖頸，他身穿鵝黃色長洋裝，斜斜跪著，黑長假髮戴歪一半。

離開的人沒有留下隻字片語，家屬要求解剖，希望法醫能找到答案。

「抱歉，我老婆她……今天不會來。」

一位裹著厚夾克，身形高壯的中年男人匆匆走進解剖室，他的眼角堆滿細紋，神情嚴肅卻帶著疲憊，揉著手心說話，試圖解釋自己為什麼遲到快半小時。

導師早已穿戴好防護衣與矽膠手套，領著男人走向解剖台，掀開裹屍布，要他指認身分，解剖前的必要程序。

男人不想再更靠近，只是迅速瞟一眼，又後退一步。

「這位是你的什麼人？」

「我兒子。」

「你跟死者是什麼關係？」

「我是他父親。」

詹偷偷注視著男人臉上的表情，那讓他想起他的父母親。當他要他們稱呼他是兒子而不是女兒的時候，父親的沉默沒有反對，也沒有支持，而母親只是淡淡說了一句：「我生了你的身體，沒生你的心。我管不住你。」

死者父親走出解剖室前，瞥了詹一眼。對方在看什麼？或許那眼神混雜著觀察、審視與一絲困惑。詹別過視線，心虛地想自己除了口罩遮住的地方，是身材或髮型，還是從下頷蔓延至喉結的新生鬍子讓人察覺不自然？

直到導師喚了詹的名字幾次，他才回過神，拿起相機，踩上鋁梯俯視。解剖台的不鏽鋼方形邊條宛若畫框，框裡是那位雙眼緊閉的少年肖像——短而刺的平頭，鵝黃長洋裝被法醫一刀剪開，攞在頎長體軀兩側，露出黯沉無血色的陰莖。而繩子留下的瘀痕，像一圈頸鍊。

詹對準焦距，按照法醫導師的指示，拍下一張照片。

有別於班上其他同學發問踴躍，詹向來與課堂的老師們互動不多。多數時候，他都安靜地在筆記本裡抄寫。遺體縫合完成後，他卻向法醫導師主動提起，願意一個人代替助教把那些切下來的少年身體組織，送去病理實驗室化驗。

公車闔上車門離去，初春午後的陽光下，詹提著一個中型淺藍色的檢體傳送箱，走在前往法醫中心的柏油道上，感覺箱子裡一罐罐的福馬林正在晃蕩。

他深吸幾口氣，懷疑自己是不是出了幻覺，即使離開殯儀館，下了公車，先前解剖時的肉腥與糞尿騷味仍在鼻下揮之不去，像紊亂的思緒。

詹不斷想起少年胸口上Y字形的縝密黑色縫線，像一道半拉開的拉鍊，如果肉身是一件能恣意穿脫的衣服……腦袋裡又傳來方才公車上同學們的討論內容：那你覺得他是怎麼死的？那算一種癖好？喜歡裝扮成女人？欸，雖然目前看起來是自殺，但我也在想另一件事，繩子，我聽說過，有些人喜歡用繩子玩危險的遊戲，高潮後卻來不及解開……

當下他應該要出聲的，可是出了聲，他應該要說什麼？

密閉行駛的公車裡，下班後的昏沉感，四周的低聲竊笑，與不斷縈繞的遺體氣味使他感到一陣噁心，噁心後隨之而來的是恐懼，他懷疑他們是真的在討論案情，還是故意說給他聽？他們難道不知道他就坐在後面嗎？或許，他們也曾在背後偷偷談論他——發現這段時間以來他外貌上的改變——但他們對他又了解多少？

有些人會說時代不一樣了，詹與他的兄弟們應該要勇敢，不再為自己的身分遮遮掩掩，但面對外界，他早已習慣瞞混度日，保全自我，畢竟有那麼多傷害還在發生。有些兄弟甚至認為，存在於兩種性別之間的身體不過是一段過渡期，等到真正跨過去，便脫離圈子，讓自己僅僅屬於男性這個群體，其他的什麼也不承認。

關於這些，詹並沒有想得這麼多，他只想做一個公車上沒有人會注意的普通路人。

或許他自願運送檢體，是出於一種陪伴逝去之人再走一段的心情，讓活著的他感覺自己還能做點什麼，但他沒有預料，當他提著檢體傳送箱走進病理實驗室，眼前的景象像一把手術刀，剖開他層層包裹在內心的粉瘤。

他想起十個月前離開他的昕。

那位紮著低髮髻，身穿白色實驗長袍的技術員，背對著詹，坐在一台石蠟包埋機前，將每個組織檢體製作成石蠟塊標本，熟練速度之快，就像以前昕做的那樣，在另一間醫院裡的病理科。

「昕——」

話才出口，他立刻意識到自己犯了錯，耳根發燙，心底不停咒罵自己。

「嗯？請問你找誰嗎？」

「喔不，呃，我，我來交檢體。」

「放那裡就好。」

技術員舉起鑷子，指向附近堆滿傳送箱的長桌，繼續埋首於無止境的石蠟標本工作。詹環顧整間病理實驗室，一切既熟悉又陌生，而坐在旋轉椅上的技術員，像是感受到詹的目光般，她停下手邊工作，整個人轉過身來看著他。

「還有什麼事嗎？」她說。

沒事，一切沒事——真的沒事？

詹走出浴室，下身圍了一條白色浴巾，坐在床頭，看著書桌上的熔蠟燈，溫暖的鵝黃光線照進圓形錫罐裡的乳白香氛蠟燭，那蠟燭是昕和他同居時買的，買了一整箱堆在衣櫃深處。詹捨不得丟，即使昕已不在這房間裡生活。

他對著空氣嗅了嗅，索性躺下。

一天又即將過去，詹望著天花板，感覺此刻全身肌肉就像是那乳白的蠟，在光的照耀中變得鬆軟，開始熔化，記憶連同被凝固的香氣悄悄釋放，瀰漫在深夜的房間。

但那究竟是什麼氣味，詹永遠無法形容，只有昕知道。

詹第一次遇見昕的那天，是六年前。

彼時他不過是個來醫院實習的醫技系四年級大學生，在大清早頂著一顆新剪的飛機頭，白色實驗長袍下是襯衫與卡其長褲——那是他還穿著束胸，尚未決定跨出去的時期——抱著筆記本，走進病理科報到。

一位身形比他再嬌小一點，紮著短髮髻的醫檢師站在收檢窗口，從抽屜裡拿出兩副口罩，戴了一層，又加上一層，小心翼翼密合口鼻。

學姊早，詹戰戰兢兢打了聲招呼。在醫院裡，新人後輩總是稱呼前輩為學長姊。

或許是注意到詹臉上一閃而逝的困惑，學姊對他擠擠眼說：「哎，在這裡做這麼久，福馬林我真的是——」她刻意拉下那兩層口罩，吐出舌頭，做了個鬼臉，接著拉了張椅子讓他坐，說主任晚點就到，自己先進切片室裡工作。

詹被她逗笑，放鬆了不少。他注意到對方胸前口袋上電繡的深藍楷體，名字裡有個「昕」字，覺得學姊說話的聲音像兩個空的玻璃廣口瓶撞擊時發出的清脆聲響。

病理科實習期間，昕被主任指派為他的科內導師，總是喚他「帥學妹」。

帥學妹，先讀我們科的ＳＯＰ。

帥學妹，製作石蠟切片的六大步驟是什麼。

帥學妹，幫我簽收檢體。

帥學妹，去休息，桌上有月餅。

詹把整理好的石蠟塊標本收進鐵櫃，回到休息區的方桌。那時臨近中秋，桌上堆滿來自各家醫材藥廠業務送來的禮盒，昕還在切片室裡清理收拾，他不好意思就這麼自己一個人吃，於是輕輕將那些禮盒整理好，挪出一個空間，翻開筆記本，繼續整理筆記。

「哇，學妹的字真漂亮。」

詹的心裡震了一下，不知何時，昕背著手，笑咪咪站在他身後，接著她脫下矽膠手套，往洗手台走去，邊說：「不要再用功啦，放鬆一下，我們來吃下午茶。」

他們圍繞在方桌一角坐，昕撕開月餅包裝，在咬下之前，鼻尖湊過去聞了一下。她注意到詹在看她，笑著說：「氣味很重要好嗎？」

短暫的交談裡，詹知道昕長他十一歲，和他來自同一間大學，同為獨生子女的他們最渴望有個手足能陪伴自己。帥學妹，昕又喚了一次。詹想要告訴她，他才不是什麼學妹，但話到嘴邊成了試探性的嘲弄，他說，那妳就是老學姊。

昕聽了直瞪眼，說什麼老，故作脅迫要詹把手裡吃了一半的月餅分她一口，只因他吃了她最愛的紅豆沙口味。詹把月餅遞過去，昕咬了一口，發出滿足的咀嚼聲，對他笑了一下。

有一瞬間，他感覺心底出現一道微弱的反射光，像玻璃碎片般晶亮閃爍。

兩週實習過去，昕帶著他解剖組織，做石蠟包埋，再切片，放在顯微鏡底下學習判讀惡性細胞的模樣——後來昕才告訴他，那時她發現自己比以往教學還要充滿熱忱，想把所知的一切與詹分享。起初是知識，後來是人生，她不知不覺想成為他身邊，能回答討論所有問題的那個人。

病理科實習最後一天的下午，手術室送來一對新鮮的乳房，來自一名乳癌患者。切片室裡，詹依舊坐在昕的身邊，看著她將雙手伸進抽氣櫃，用解剖刀剝開乳房表面那層發黃的皮膚，尋找乳腺上的腫瘤。

實習結束前，昕總會問每位實習生一個問題，暗自當作一種告別的儀式。

「畢業之後想做什麼呢？」

「想做一個男人——」詹盯著那對乳房，沒多想就這麼回答。

「你說什麼？」

昕轉過來看著他，一雙眼睛似笑非笑，詹被自己的回答嚇了一跳。一直以來，他並未真正面對這個想法，即使念頭經常一閃而過。他從未告訴過任何人，可對昕他不敢解釋更多，更不想冒風險試探，於是笑嘻嘻地糊弄過去。

「沒有啦，我是說病理解剖很有趣，我在想……也許以後去考法醫。」

「有前途喔——」

「那學姊呢？學姊會一直待在這裡嗎？」

「我也不知道，但如果有機會，我想有一天去西班牙學畫畫。」

她選定幾塊組織，切下，將它們泡進透明的福馬林，讓對話與時間就停在這裡。五點了，昕又是那副嚷嚷，催促著詹，下班了趕快回家，接著轉身清理抽氣櫃裡徒留的組織碎屑與血漬，在心底對自己催眠，下週又會有新的實習生來報到。

但昕不知道的是，即使詹輪到下一個單位實習，每次他都會刻意繞路經過病理科，和她打聲招呼，甚至在她假日值班時，帶著飲料或點心來探班，佯裝檢體傳送員站在收檢窗口，和她聊天。

嗨，老學姊，嘿，帥學妹，這是只有他倆才懂的祕密語言。

即使詹從未有過這種感覺，對他來說，那是再自然不過的事。關於這份感覺的具體形容，或許是他們一起坐在石蠟包埋機前，看著昕用鑷子悉心夾出一塊完成浸潤的組織，放進方形不鏽鋼模型，踩下控制踏板，讓攝氏六十度C的熔融態石蠟從分注器裡像一道透明岩漿，徐徐流入模型中，逐漸包圍滲入那塊組織裡外每個角落。

但現在的他鼻頭微微出汗，站在醫院後門的機車停車場等待，就像被擺在冰盤上逐漸凝固的石蠟模型，來不及釋放的熱氣在表面結成粒粒遍布的小水珠。

他不明白為什麼這陣子站在收檢窗口的昕，眼神開始變得飄忽不定。她笑聲依舊，卻透露出一絲緊繃與窘迫，好像他的到來變成一股壓力，到最後甚至婉謝他帶來的飲料，告訴他，其實這樣不太好，假日時間他應該去讀書準備國考。

「為什麼不太好？」

「我在忙。」她說。

他們一個站在病理科外面，一個站在裡面，收檢窗口被拉上透明玻璃窗，看得見彼此，卻聽不見對方說的話。

過不久，昕傳訊息來，要詹等她，她就快要下班。

詹雙手插進褲子裡的口袋，沿著停車場四周的鐵網圍籬走。他多少聽聞實驗室裡流傳的耳語，譬如哪個醫檢師和實習生走得太近，或者同性之間相處過度親密，等等，同性？他這樣跟昕還算是同性嗎——如果只是因為這副身體。但他想了想，是或不是又有什麼關係？

他抹抹鼻頭，想著到時候見到她，他會提出保證，化解所有疑慮。

正午的太陽終於躲進醫院大樓背後，在水泥地面拉出一道陰影。逃生門被推開，昕朝向他走來，迎上面時不發一語，直接往其中一排機車的方向走去。

詹在後方亦步亦趨，他無法從對方的背影判斷此刻自己究竟該做些什麼，那些台詞哽在喉頭，連同慌張化作一團小小的火，在燒，連大量泌出的唾液也澆熄不了。

昕來到機車邊，詹準備開口，卻見她從後座車廂取出一頂全新的安全帽，要他戴上——後來詹才知道，自他離開病理科的那天起，昕一直在猶豫該不該買頂新的安全帽。最後她買了並不是因為確定了什麼感覺，而是用來安慰自己，這樣的疏遠並沒有錯，她必須找個容器裝填那份失落。年過三十，經歷幾段關係的她知道感情是怎麼一回事，她不像詹還有時間能繼續探索，短暫的秋日迷戀已不再適合她，更何況這是發生在她工作的地方，她向來低調，從不聲張，天曉得這一切繼續下去會怎麼樣，她不想讓情況失控——他們之間必須要有個結果。

詹永遠記得那天下午，昕騎機車載著他，離開那棟巨大的醫院建築物，騎上沿海公路，來到海港附近這間佛朗明哥風格的小餐館，那是昕最喜歡的地方，大片落地窗反射著遠方的卷積雲與海面，外牆掛著一面小巧的鑄鐵招牌，上頭寫著：Blood & Gold。

他們坐在窗邊的雙人座，昕告訴他許多事，譬如血與金，是西班牙國旗的顏色，譬如海鮮燉飯裡番紅花的氣味，是微微刺鼻，甜中帶苦。

詹看見昕身後那一大面白牆上手繪的伊比利半島地圖，上頭有著每個景點與特殊物產的西文標記，還黏有幾張旅人寄回來的明信片。響板與木箱鼓在耳邊輪流踱步，吉他聲始終含著眼淚，在他們身旁的窗框裡徘徊，就像身處在一個沒有人能認出他們的陌異之地，不再稱呼對方為學姊學妹，而是叫喚彼此的名，吃食，無止境地談話，在港口附近散步，看著粉橘色的落日浸入海洋。

他們共享一種親密，無論是肢體或是感情，若有似無的撫掠，卻維持在一條邊界，很有默契地不去討論那是什麼感覺，就像機車上詹坐在昕的身後，他卻始終握著後把手，不敢靠在昕的肩頭。

他們再次駛過公路，經過一盞盞昏黃街燈，直到昕的機車熄火在詹的學生公寓門口。

詹下車，解開鎖扣脫下安全帽，兩人間的沉默，讓他有預感這會是他們最後一次見面。

「很晚了，早點休息。」昕想就此跟他道別，然而詹仍抱著那頂安全帽，於是她又說：

「給我吧。」

詹不為所動。

昕伸出手想接過安全帽，詹硬是將它揣在懷裡，看著她，眼神彷彿在質問為什麼。他們僵持不知過了多久，最後詹垂下頭，鬆開抱著安全帽的手，看著昕轉身背向他，把安全帽收進後車廂。

他蹣跚向前，頭輕輕靠在她肩後，忍不住啜泣。

詹不知道那時昕是什麼表情，但他聽見昕深吸一口氣，像要把心中的焦躁、遺憾、猶疑不定全數收攏，編織成一股溫柔但冷靜的口氣，告訴詹，一直以來，她喜歡的都是女人，她喜歡詹，但她害怕——

「我不在意，」他打斷她，排練無數次的台詞在此刻化成卑微的懇求，「真的，拜託，希望妳也不要在意——」

後來，他們在公寓旁的小公園裡懇談許久，那些談話內容早已斑駁不清，可能是關於過去，彼此家裡還有未能完全接受自己的家人，或是關於未來，一個想變成男人的女人和一個只愛女人的女人在一起會變成什麼模樣。

至今唯一清晰的，是他和昕擠在他的加大單人床，黑暗中，兩副身體愈來愈近，最終貼在一起。那姿勢，使他想起病理科的那台石蠟切片機——刀片與石蠟塊抵著對方，緩慢地，一次又一次摩擦。那是他的第一次，她悉心教導，為他示範，感覺身體被削成一片又一片，刀的邊緣在發燙，石蠟塊成了通透的切片，在窗簾下微微顫抖。

昕的指尖是如此輕柔，像是她工作時最常用的尖頭水彩筆，細軟的筆尖反覆提起攤在刀刃上那連續不斷留有餘溫的透明，他感覺彷彿浸入溫浴，完全伸展，痙攣，隨著水面蕩漾。昕翻過身，用吻撈起漂浮中的他，石蠟切片從此固定在載玻片上。

他們離開各自的租屋處，搬進兩人共同的家。

這六年來，他們在生活的變動裡不斷遷徙，想尋找更適合居住的地方——昕總笑他們是吉普賽，無以為家——於是每住進一個新的房間，他們會找一面牆，把它漆成那天在漁港，他們一起看見的粉橘色晚霞。

詹仍記得在頂樓加蓋的房間裡，某個悶濕假日午後，床上的他身體因汗水而變得濕亮。昕一絲不掛坐在木椅上，在素描本裡畫畫，她一邊畫他，一邊說他身上有一種氣味，尤其流汗之後更加明顯，但她特別喜歡，那味道像一種令人安心的存在。

「是沐浴乳的味道？」

「不是，是你自己的，你聞——這裡，還有這裡，這裡都是。」她傾身輕吻他的脖子，腋下和雙乳之間。

他抬起手臂，嗅聞自己，哪裡有什麼味道。

「石蠟。」她說。

「什麼？」

「我說，有點像醫院裡剛拆封包裝的新鮮石蠟。」

他愣了愣，兩人相視一會，不禁為這莫名的答案一起笑了出來。

那時，昕繼續待在病理科，詹則是在大學畢業後，就近找了份計畫助理的工作，一面準備法醫研究所的考試，一面籌措平胸手術的費用。兩年後，他順利錄取研究所，決定在入學之前摘除他身上二十多年的累贅。

即使昕總叨念著好可惜，再也不能吃到那對她最愛的「棉花糖」——那是她為它們取的小暱稱——但當他們出院回到那層共租的家庭式公寓裡，昕不讓他自己處理傷口，而是天天幫他擦澡，倒掉引流管裡的血水，貼上美容膠布，直到一切完全復原。

以往他們出門到附近的運動中心，總是昕去泳池，詹去健身房。手術兩個月後，詹說他想和她一起去游泳，想知道泡在水裡是什麼感覺。

上一次下水，詹還是個小學生，在青春期如夢魘般到來之前。

如今，他的胸前回歸一片平坦，再也不用擔心穿著緊身束胸時該如何換氣，就連泳裝裡令人尷尬的一雙襯墊也不需要了。只是詹仍不敢逕自走進男性更衣室，更遑論只穿一條泳褲就下水——畢竟他擔心真正的男人會識破這副充滿破綻的身體——最後，他穿著黑色短袖連身四角泳衣，跟著昕走進泳池。

水溫使他顫了一下，好冷，他說。不太會游泳的他緊握著昕的雙手，像剛學會走路的嬰孩，在泳池中一步一步前進。

在昕的引導下，他吸飽氣挺出胸膛，讓身體放鬆，整個人呈大字形漂浮在水面上。突然，隔壁一陣水花潑濺至詹的臉，有人游過，嗆得詹直咳嗽，他急急拉下蛙鏡，邊抹臉邊往岸邊的牆壁倚著喘息，昕跟過去，卻看見詹注視著岸上正在嬉戲的一群少年經過。

詹不知道的是，那時昕早已窺見他的想法——他在比較，在羨慕，在想像那樣的身體——昕沒特別說什麼，只是故作輕鬆地問他，要不要去蒸氣室裡休息一下，但詹卻回答，我想繼續游。

又兩年眨眼一過，詹已能在捷式、仰式與蛙式之間自由切換，研究所課業之餘他待在泳池的時間愈來愈長，卻從來沒有發現，昕對於游泳顯得愈發意興闌珊。這陣子當他回到他們剛搬進不久的雙人套房，總會看見昕坐在新買的畫架前，一邊練習素描，一邊等他回家。

他以為她不過是想把更多心思放在畫畫這項興趣上，就像他對待游泳那樣。

夜裡入睡前，如過往般，詹在昕的身後環抱著她，兩人交換這一天在學校或醫院裡發生的事，遇到了誰，說了什麼話，熔蠟燈的黃光與零星話語交織出眼底睡意。香氣朦朧之間，詹帶著試探，悄聲問昕，如果有那一天，她會願意讓他去做HRT（Hormone Replacement

Therapy，荷爾蒙置換療法）嗎？

昕沒有回答。

「嗯？睡了嗎？」

「還沒。」昕閉著眼。

說完，兩人又陷入沉默，直到詹再次開口。

「好，那我知道了。」

昕睜開眼睛，嘆了口氣，自從詹決定學游泳之後，她便抱持著過一天算一天的消極心態，然而該來的終究會來。「不是這樣的。」她說。先前的平胸手術她比他還更緊張，改造身體是件大事，理性上，作為一個醫療人員她知道那些資料數據能夠支持安撫自己，感性上，她害怕失去他，各種意義上的失去，但她的恐懼不該成為對方人生的枷鎖，她只希望他能快樂。

昕翻過身面對詹，慎重地問：「你想清楚了嗎？」

彼時，詹天真地以為自己知道令昕猶豫的是什麼——治療一旦開始，一切不可逆——但那是他長久以來的心願，他點點頭，知道自己必須這麼做。

她輕撫他的臉，撐起微笑，說：「那我陪你。」

領回荷爾蒙藥的那一天，他倆約好在家一起吃飯。晚餐過後，昕捧著一個親手做的小蛋糕從廚房裡走出來，蛋糕中央插了一根代表零歲的蠟燭，她說，今天是你重生的第一天，生日快樂。

詹挽起袖子，露出上臂，他別過頭，看著客廳旁那面粉橘色如同晚霞般的牆，感覺昕拿著針筒對準肌肉，刺入，緩慢推進，1.2 CC 的雄性激素全數送進身體裡，而未來還有無數支針在等待。

這個夜晚，詹發覺昕比平常還要熱情，他們吃完蛋糕，喝下一杯杯紅酒，醉醺醺站起來相擁，手交疊著手，跟隨手機播放的吉他樂曲慢舞。昕直盯著他看，突然笑了。等一下，她說，接著回到房間從梳妝台拿了根眉筆走出來。

「我們來看看你長鬍子是什麼模樣。」

「好啊。」

棕黑色眉筆在詹的上唇與鼻翼之間踏起醉步，弄得他直嚷好癢好癢，到底畫好了沒，但昕只是一邊畫，一邊咯咯笑。

「準備好了嗎？」昕說。

昕亮出鏡子，他往裡頭一瞧，兩根細長上翹的八字鬍，姿態誇張狂放。詹大笑問這是寶特瓶上的波爾先生嗎？才不是咧，昕站在他身後，為他介紹鏡子裡的是達利，她最喜歡的西班牙畫家。

「達利？沒聽過，妳說他都畫了啥？」

詹接過昕的手機，在搜尋引擎底下看見那幅畫——烈日下，時鐘們軟趴趴的吊在樹枝，躺在荒漠裡逐漸熔化，秒針移動的滴答聲彷彿也跟著消失——時間會因此而暫停嗎？他心想。

杯中紅酒一飲而盡，他們繼續相擁、跳舞，昕靠著他的肩膀，在他耳邊像說著夢話般不斷低聲喚他「達利」。

達利，讓我作你的卡拉。

達利，你將成為最優秀的藝術家。

達利，該死的超現實主義。

達利，Non Plus Ultra.

迷迷糊糊中，詹好似聽見昕說了句他聽不懂的外國語言，他跟著複誦，問她那是什麼意思，但昕沒有回答。

六個月後，詹發現他的月經終於停了。當他興沖沖回到家，卻發現昕早已帶著行李離開，留下一個裝有房租的信封和一則語音訊息，從此人間蒸發。

那訊息很簡短，昕的聲音聽起來像是落地砸碎的玻璃廣口瓶，斷斷續續地說，對不起，我努力過了，我以為我可以。

不久後，詹也搬離那間雙人套房。當他一個人走進新房間，望著其中一面白牆，只在心底默默為它刷上粉橘色。

❒

晨光悄悄滲入房間，距離鬧鐘響起還有半小時，詹卻醒過來，發覺自己渾身赤裸抱著一團棉被，浴巾散落在床邊——忘了是第幾次，前晚洗好澡沒換上睡衣，就這麼在床上睡著了。

圓形錫罐裡的香氛蠟燭已被熔盡，僅剩一層淺淺的透明蠟油。他關掉熔蠟燈，把蠟油倒進旁邊用錫箔紙摺成的方形淺盒，蠟油一天一層堆疊凝固起來，最終還原成一塊塊乳白的蠟，堆在書桌角落，像病理科鐵櫃裡那些存放了數十年之久的石蠟塊標本。

他隨手拿起一塊，嗅了嗅，或許是最近天氣轉熱，所有事物的氣味都開始變得濃烈，使得手中的蠟塊淡得說不上有什麼特別的味道。

詹匆匆洗漱後出門，這陣子若不是在教室討論案件，就是去殯儀館的法醫解剖室報到，戴上口罩與矽膠手套觀摩，偶爾擔任法醫導師的助手。他總是掏出隨身筆記本，詳細記下那些細節要點，甚至在解剖結束時，問法醫導師能不能讓他嘗試操作縫合屍體的技術。

他拿起針線，在被切開的皮膚之間來回穿刺，拉緊，繫上，面對那些腫脹的、斷裂的、焦黑的、腐爛的身體，初見時的衝擊與恐懼已逐漸被取代為對專業的觀察與思考。詹想起小時候電視上播映的那些犯罪鑑識影集，裡面總描述法醫能代替死者說話，為它們找出真相，那是這職業最初令他著迷的原因。

但到底什麼才算是真相？

詹仍時不時會想起那位戴著黑長假髮，身穿鵝黃長洋裝的少年。解剖完少年的一個月後，病理實驗室的報告總算出來了，血液、尿液、組織切片檢查全無異常。

課堂上，法醫導師為每個人發下一份空白的死亡鑑定書，要他們以這起案件練習填寫，表格裡盡是各種死亡特徵與數字，詹一一勾選，抄下先前筆記本裡的觀察紀錄。此時，導師問台下學生，如果今天檢察官請你出面向家屬解釋解剖結果，你會怎麼說？說完，導師要詹試著回答。

詹看見導師那雙明亮而冷冽的雙眼，彷彿早已洞察一切。

他深呼吸，想像那對中年夫妻就站在自己面前。關於少年，詹一無所知，法醫能證明的不過就是那件肉身外衣上的證據，他永遠沒辦法回答少年的心是為了什麼而死——若說他們的兒子其實和他一樣來自相同的世界，無非只是此刻自己一廂情願的投射，即使在他的心底不斷出現這樣的呢喃，希望有一天那對中年夫妻，或者自己的父母能夠理解。

最後他唯一能吐出口的僅是：「死者因為童軍繩壓迫頸部窒息而死，體內無毒物殘留反應，也沒有其他疾病，配合現場鑑識結果，我們排除他殺的可能性。請節哀。」

研究所學期結束，夏天來了又即將遠去，詹依舊每天晚上來到這座鋪滿藍色磁磚的泳池，來來回回地游，在兩千公尺之後，讓自己成為一片水面上的石蠟切片，靜靜鋪展開來。

昕剛離開的那陣子，詹揣想過無數次她不告而別的理由，他不停檢討自己，疑問質問求問不斷增生，但昕斷絕一切聯絡方式，那些無人回答的問題終致形成包埋在他心底的一顆粉瘤。

有一天，他受不了決定蹺課，騎車回到大學實習的醫院，想去病理科找她，可當他走進醫院大廳，看見工人們踩著鋁梯，正在重新裝潢天花板，電鑽發出陣陣鑽孔聲，旁邊走廊地板貼皮全數換新，牆面不再慘白，換上暖色調的油漆，霎時間他以為自己來到別間醫院。記憶中的醫院似乎正慢慢消解，一切將不再與過去相同。

他停下腳步，站在午後零星人潮往來的大廳，愣了愣，手往頭上一摸——才發現自己竟還戴著當年她送的那頂安全帽。

他自己解開鎖扣，緩緩摘下安全帽，轉身走出醫院，遁入泳池。

或許，對詹來說，游泳並非真正要鍛鍊什麼，不過是透過日復一日的身體勞動，確認此刻的自己還存在。

他漂在水面上，保持呼吸，室內泳池的照明燈看起來就像是天空裡的月亮又大又圓，旁邊則有一條條萬國旗正在飄蕩。有時，他會看見那面血紅鑲嵌金黃的西班牙國旗，總忍不住想，不知道昕現在人會在哪裡？

他想起後來，又過了一段時間，他才鼓起勇氣來到海港，走進他和昕第一次吃飯的那間小餐館。

鑄鐵招牌輕輕搖晃，落地窗依舊反射著相同的風景，空氣中仍布滿各種香料的氣息，他坐在角落的單人座，等著海鮮燉飯上桌，耳邊是曾經聽過的吉他樂曲。

餐館裡，那面白牆上手繪的伊比利半島地圖還在，只不過隨著時間過去，如今地圖上貼滿了各地的風景明信片，有的是老闆旅行時寄回來的，有的來自遠方異國的親友，還有更多是曾經到訪餐館的客人。

詹站在牆前，讀著每張明信片上用中文或英文寫的祝福、祈願與想念，當然裡頭也有他不熟悉的歐洲語言，譬如西班牙文或法文，只能胡亂念讀發音，猜測單字背後的意思。突然，他聽見自己念出一串熟悉的音節，定睛一看，是一張寄自直布羅陀的明信片，上頭只有短短一句手寫：

Non Plus Ultra.

他念了一遍，又念一遍，接著把那句子鍵入手機搜尋，原來是拉丁語，傳說在遠古時期曾被銘刻在一處標誌「世界的盡頭」的石柱上，而Google翻譯顯示：

不再。

那晚的耳畔低語，那些堆在衣櫃裡的香氛蠟燭，破碎的語音訊息，泳池與素描本塗鴉，那兩個字像引流管，插在心上，汲出粉瘤裡的無數過往。

詹想像某天清晨，昕在床上醒了，望著身邊還在熟睡的他，她越過他，悄悄下床，打開素描本，開始畫他。在畫裡，她略過鬍碴與喉結，一筆一畫，勾勒還原出那對乳房，那柔軟的身線，那些她曾經深深著迷的一切，竟隨著激素在時間中一點一滴改變，接著想到氣味，她試了好久，還是畫不出記憶中詹的氣味。她一邊畫一邊心想，如果身體真的是一塊石蠟，無論它凝固、熔化或捏塑成任何形狀，還能是你鍾愛的同一塊嗎？

不再？

不再什麼？

不再是一個女人。

不再是一樣的氣味。

不再記得。

深吸一口氣，詹翻身潛入池底，雙手從胸口出發，一次又一次朝著湛藍的深處向前划。那張明信片被他偷偷撕下，夾在隨身攜帶的筆記本裡。他邊游邊想，未來某天，他要帶走書桌上一塊乳白的蠟，像護身符一樣放進背包夾層，來到伊比利半島南方的一座海角，登上面向直布羅陀海峽的那座山，去看看世界的盡頭是什麼模樣。

※本篇獲二〇二四年第四十一屆中興湖文學獎佳作。

抵達靜脈的瞬間

等待的空檔，黃斯漢拈起一塊小紗布，按了好幾次桌邊的按壓式酒精瓶，在外人來看，那按壓的姿勢與頻率，是過度謹慎，帶有某種偏執。透明的液體自一角垂結出來，他拿著那塊濕漉漉的紗布，將三號抽血櫃檯桌面的每個角落悉心抹拭一遍，再撕開一包酒精棉片，針對重點部位再次消毒。

他聽見隔壁四號櫃檯的學妹輕聲說，按壓五分鐘不要揉。病人前腳剛走，學妹的旋轉椅向後一滑，紅紫採血管裝袋隔離，丟進檢體運輸軌道。她迅速脫下手套，說，學長，剛剛那個——是來驗ＨＩＶ。

「抽得還好嗎？」他問她。

「嗯。很明顯。」

「那就好。」

「不是啦——我不是說血管，我是說你有沒有看到那個人——」

學妹戴著口罩說話，聲音像根針穿刺出來，但那針太細，太尖銳，使他無從分辨小小口徑裡盛裝的表情究竟是什麼。

他只是頓了一下，搖搖頭，看上去不像在否認，也不像是困惑。

「你都沒注意到嗎，那種衣服，還有說話聲，我猜肯定是。好恐怖。欸學長幫我卡一下，我要趕快去裡面洗手。」

當學妹離開座位經過他身邊時，將光裸的雙手舉在胸前，像投降，又像在防禦什麼。身後的自動門開了，他彷彿聽見她進實驗室之前的低聲碎念：等一下要來去系統查，看到底是不是。

擺好抽血枕，撕下一段透氣膠帶，讓一端黏著，另一端在空中飄。

剛才他是真的沒注意到那個人嗎？他當然注意到了，視聽不超過半秒——那種衣服，還有說話聲。不過，他倒是沒想過那人是不是什麼的問題，也沒興趣知道，只知道若是盯著對方太久，其他周圍的人首先發現的，並不是被注視的對方，而是注視對方的自己。這樣不太好。

黃斯漢坐在抽血櫃檯繼續等待，跟上午排隊人潮的盛況相比，下午兩點後的這裡可說是愜意。

他讓視線出體，越過櫃檯前的門廊，穿梭在一樓大廳裡交織的人影之間，什麼都看，也什麼都不看，直到眼角邊緣一個輕微的跳動發生，視線迅速歸位，系統螢幕裡的數字由「0」轉變為「1」，如同神經反射，他按下虛擬按鈕，機械音宣誦叫號。

一開始，他沒有意識到坐在眼前的人是誰，就是接過檢驗單與健保卡，執行我問你答的通關密語，核對一連串身分資料，直到他請對方伸出手臂——看見肘窩裡的那個刺青。

那刺青，是一隻眼睛的圖式，黑色，形狀介在人類與非人類之間，整體看起來寫實逼真，但幾處細節又帶有寫意的味道，許多年前，黃斯漢也曾在一條手臂上看過，只是當時皮膚表面沒有像現在多了幾條深深淺淺割過的疤溝。

這使得黃斯漢的視線從這隻眼睛，移動到對方口罩上方的另一雙眼睛，接著是喉結，鎖骨，肩形。沒想過會在這裡遇見，但應該是他沒錯，只是多年不見，對方變胖了點，看上去更成熟些。

古耀偉，古耀偉。他一邊默念此刻才從檢驗單上知道的名字，一邊為對方綁上止血帶。那是多久以前的事？記憶開始混亂分岔，有些類似的黝黑輪廓也跟著重疊。不過從對方的神色來看，應該沒有認出他——不對，他轉而一想，對方絕不可能認出。

黃斯漢盡可能讓視線聚焦在這條手臂，不再去想。

如同過往，他指示對方握緊拳頭，戴著無菌乳膠手套的手拍打肘窩，潛伏在皮膚之下的藍紫色肱靜脈緩緩隆起。他按壓那條靜脈，反覆確認下針位置，感覺血管管壁回彈時，是那麼有力，體溫傳了過來。

隔著一層手套，他不知道此刻聽見的脈搏心音是屬於對方，還是自己。

組裝好針具，酒精棉片由內向外抹了三圈。來，深呼吸，他說。接著對準肘窩上那因血管隆起而放大的黑色瞳孔，刺進去。

午後三點半，黃斯漢脫去實驗衣，離開醫院，走進附近的運動中心。這陣子流行性感冒又起，每個健身器材附近都擺上一罐消毒酒精，人人按壓噴灑，此刻健身房的味道，總令他感覺下班後自己不過是來到另一間醫院。

150 bpm 的音樂節拍搭配心律，鏡子裡，黃斯漢舉起槓鈴，雙頰連同胸肌鼓脹，蹲下來的姿態竟像某種求偶中的雄蛙。

以前的他並不像現在這樣。胖滴，班上都這樣叫他，是他大學同系室友 Afay 取的。

黃斯漢經常忘記 Afay 來自部落，只記得那副結實手臂在寢室裡抓著床架欄杆，一上一下，二頭肌三頭肌輪流收縮。

每當黃斯漢在書桌前念書，Afay 總喜歡悄悄來到身後，手從胳肢窩邊伸進，往前胸一陣抓揉偷襲，笑他胸脯上的贅肉宛如一對水滴奶，又說他嚇著時的驚叫，多像成人片裡的女優，真令人受不了。

但真正嚇著黃斯漢的，或許是畢業前夕因腎結石引發的那一池血尿，使他從急診回來之後，終於願意正視鏡子裡那對水滴奶與其他溢出的肉，忍不住揉了揉，開始運動——如今七八年過去，胖滴不再是當年的胖滴。

黃斯漢在運動時並不特別思考什麼，教練曾說，要把注意力放在感受肌肉的力量推移。長久下來，他發現那有助於清空思緒，釋放工作壓力，可每到了組間休息時間，譬如此刻，新的思緒又生成，還拉扯出更多記憶。

他從Afay 的手臂想到古耀偉的手臂。古耀偉，他再次念了這個名字一遍。奇怪，或許是古耀偉戴著口罩，一時之間，黃斯漢想不起對方的五官模樣，反倒把Afay 的那張臉移植到古耀偉身上，彷彿剛才是他在幫Afay 抽血。

他想起大三時每一堂血液實驗課，血液檢體必須從同學身上採集，也當作是成為醫檢師前的抽血技術練習。

畢竟是籃球隊的手臂，Afay的血管幾乎像是課堂上使用的塑膠教具，典型粗直的美，在皮膚表面這麼明顯，任誰是第一次拿針，只要不發抖，一戳就中；反觀黃斯漢的血管，就是教授口中的難題考驗。

只見Afay拿著空針，像個獵人，面對黃斯漢那一條細如游魚的靜脈，在脂肪裡浮沉。Afay總是失算，靜脈閃躲偏移，針插進神經密布的肌肉，肌肉反射性收縮，鉗住針。

黃斯漢忍不住哀號，Afay不斷向他道歉，可是沒有停手——他們都知道，這是為了練習，也許只差一點點，血管就在附近——他望著那根針在自己的體內進出游移，咬著牙，劇烈疼疼陣陣襲來，直到「啵」的一聲，如果你仔細感覺，那是刺穿血管管壁時，從針頭傳來的細微震動。

針筒裡，深紅色的靜脈血開始積聚，他倆滿頭大汗，竟相視露出笑容。

等待實驗結果出爐之前，他坐在Afay對面。Afay正盯著新買的智慧型手機螢幕——彼時黃斯漢和班上剩下三分之一的人一樣，還未能擁有一支——最近他總是在吹噓，自己下載一款隨機匿名聊天APP，在網路上跟女生聊天，無論日夜，像獻寶那樣，和他分享那些濕淋淋的對話。

那段時間，黃斯漢的肘窩留下無數扎過的針孔，他望著Afay，不自覺觸撫針孔附近泛起的瘀青，仍隱約感覺痠痛。

他又疊加上新的槓片，回到預備位置，蹲下，指掌輕含幾下桿身，然後握緊，吸氣，力量從腳底傳遞至臀肌，身體隨著槓鈴抬升一點距離，他感到吃力，重心似乎開始不穩，下半身使力撐著，試圖抵抗那股不斷將他往下拉的力量。

那學期過後迎來的寒假，Afay早早回家，而他因為在捐血中心見習，申請在學校留宿。那時，他一個人躺在寢室夜裡的床，一張小薄毯覆在垂厚的肚腹上。捐血中心血液分離機的機械輪盤仍在腦海轉動，像漩渦，只不過析出的不是紅血球、白血球與血小板，而是胖滴、肚肚與肥仔，彷若聽見Afay的聲音自黑暗中的另一張空床上傳來。

小薄毯被揉成一團，他起身沿著金屬欄杆爬下床，在書桌前坐下。他睡不著，以為是肩頸僵硬，一邊按揉，一邊拿起智慧型手機——那是後來他用打工薪水買的——向上滑動，社群貼文欄一片空白，訊息匣無回音，他關閉，轉跳色情網站，以為是睪固酮作祟，分頁間來回穿梭，可那些痙攣顫抖的身體只令他感到不耐，反倒是演員們呢喃著濕淋淋的語句提醒了他——ＡＰＰ下載進度條繞完一圈，他打開隨機匿名聊天室，對宇宙未知的一端傳送訊號：嗨。

另一端已讀，迅速回覆：嗨，男生，桃園自住，找女生。

此刻，他應該什麼話都不用說，按下「離開」的按鈕，或者，他應該禮貌一點，回覆「哈哈也是男生，歹勢啦」，再找下一個，又或者，在最一開始，他不應該只是說「嗨」，而是直接一點，說說自己渴望什麼，但他究竟渴望什麼，他也不知道，只知道這個夜晚他睡不著。

他心臟怦跳著，就這麼回覆對方：嗨，我是小涵。

這算是一種欺騙嗎？自始至終，他只是說，我是小涵，而沒有說自己是男生還是女生，不過多數人都傾向認定那是什麼。

他虛構身分，開始在夜裡寫著那些濕淋淋的句子，讓句子鋪成小徑，通往陌生男人的內心，編織幻想，使一切成真，開始流動，然後——收到對方傳來的照片。

他望著那張照片，心想，跟自己的並沒有什麼不同，或許還更小。他忍不住笑，開始將此視為一種遊戲，而並不真正渴望發展些什麼，只是一次又一次，著迷於這種互動。

他多半是主動離開，有時也會戳破幻想，揭露身分引來辱罵。

他會想像成是Afay在辱罵他，連同那些照片，感覺到一種興奮與成就感。那既像是在回應Afay平時對他的嘲弄與偷襲，同時也令他想起實驗課裡，當Afay的針，刺進他的肌肉，那麼痛，可是Afay會緊緊握住他的手。

空氣中全是沐浴露的清涼氣息，黃斯漢走在疏水止滑地墊上，感覺腳掌的肉正填進那些塑膠孔隙裡。他經過一排淋浴隔間，水聲流淌，其中一面浴簾半敞，感覺到裡頭望出來的視線，正盯著他，似是一張外國白人面孔，他曾遇過幾次，卻始終不曾回應，只是頂著微濕的髮，逕自離開健身房。

回到家，他打開電腦，鍵入網址，想找出那個地下網路論壇。他許久不曾造訪，但當頁面跳轉，那裡已成了一塊廢墟，僅剩亂碼與廣告叢生搖曳。他的論壇帳號，他曾留存的照片，還有影片，全數消失不見。

影片，沒錯，那是後來他跟著論壇裡的同好學的：揣摩女音，使用變聲器，蒐羅女體動態素材，下載視訊軟體。為此，他甚至設計角色、制定獵物目標，發展劇本，催眠自己也催眠對方，他懂得傾聽、順從，偶爾施展任性。他在視訊鏡頭這端播放虛擬替身，望著另一端的人們一層層剝除、露出原始的自己，然後按下螢幕錄影——

開學了，在那些準備國考又睡不著的夜晚，一待Afay放假回家，他會在一個人的寢室，打開筆電，用視訊鏡頭記錄一副又一副相似的黝黑身形、濕淋淋的對話與未曾示人的表情。

他將影片上傳論壇，像分享戰利品。論壇同好讚賞不斷，有人甚至想出價收購。他變本加厲，漸漸迷失在這樣的遊戲，直到遇見那個人，Kulas——或是如今他在檢驗單上讀到的那個名字，古耀偉。

他真的拍下古耀偉的影片？他上傳了嗎？那些影片至今都去了哪裡？

自那天過去，古耀偉離開抽血櫃檯，黃斯漢坐在原位上等待，望著大廳裡往來的模糊人影，什麼都看，也什麼都不看。

他戴著無菌乳膠手套，走進實驗室，在院內系統中輸入古耀偉的病歷號，就像先前學妹做的那樣，必須查一查，好讓自己心安，即使他懷疑這麼做能安什麼心。

短短一秒，一副身體的歷史就呈現在眼前，他從頭回溯。

不同科別依序編年記錄，他在家醫科得知某年冬天一場嚴重的流行性感冒，泌尿科的包皮環切手術，睡眠中心的睡眠生理檢查，他看見骨科治療因籃球選拔賽導致的十字韌帶斷裂，在急診讀到夏天裡一場車禍的發生，腦震盪與骨折伴隨其中，然後是精神科，還有黃斯漢曾為他抽過的血。

一系列精神科的會診紀錄裡，關鍵字入眼，黃斯漢看見一些他知道的，和他不知道的事。

譬如，他知道古耀偉，或者說Kulas，老家在花蓮，離開部落，來到台北念大學，是個籃球選手。他每天訓練壓力很大，有時想家，很需要放鬆，但這裡沒有時間放鬆。學長是他的榜樣，他想要代言，想要可愛女友，想要成為國手。然而黃斯漢不知道的是，從某天開始，古耀偉聽見有人在他耳邊說，誰要搶你的獎學金，誰想害死你，取代你成為國手。那聲音吵得他睡不著，使他膝蓋受傷，開始酗酒，攻擊隊友，休了學也不回家，一個人留在這裡，換了好幾份工作，直到發生車禍，他躺在病床上，決定接受精神科治療。

今天整個下午，人潮莫名湧入，黃斯漢回到抽血櫃檯，接過一條又一條手臂，尋找靜脈，穿刺，讓血液注進真空管，再按上棉球，堵住每個肘窩裡的針孔。他不斷囑咐對方，也像囑咐自己，按壓五分鐘不要揉。

後來下班時，四號櫃檯的學妹像是突然想起什麼，告訴他，她找到了。

「找到什麼？」他問她。

她將實驗衣掛進衣櫃收好，繼續說：「上次那個人啊，是MSM啦，我就知道。」

他想起第一次看見這個縮寫，是在醫院實習時血清室的晨會案例報告，那時他不懂，不敢問，在台下偷偷用智慧型手機查，手機告訴他，那個意思是：man who have sex with man。

學妹的聲音依舊像針，那麼細，又那麼尖。即使此刻脫下口罩，露出了表情，他依舊無從分辨學妹這樣的「知道」，究竟是知道了什麼。

他轉而一想，別說是身體，就連情感上，他似乎未能跟任何人有過任何深刻的連結。他噴灑酒精，致力消毒，讓自己的生活安全無菌，無論是不是在醫院，彷彿一切都隔著一層乳膠手套，隔著一道抽血櫃檯，他甚至必須藉由抽血，讓對方伸出手臂，才感覺自己對人們的接觸是名正言順。

隔著一道螢幕和人們互動，對他來說或許再適合不過，但他從未想過，當年的遊戲對螢幕另一端的古耀偉來說，意味的究竟是什麼？

走出運動中心時已是傍晚，此時的氣溫不像是白天出太陽時那般溫暖，他剛在健身房沖好澡，毛孔全張，有風鑽了進去，使得皮膚表面形成一股異樣的感覺。

他沒有吃晚餐，沒有依循那條熟悉的路回到租屋處，而是在晦暗的天色下，拿出手機，複製稍早從院內系統抄下的那條地址——沒想過他們之間的距離竟是那麼近——輸入進地圖導航，走過去。

十月的夜晚不至於太冷，但變得更加漫長。黃斯漢走過兩個街區，穿越馬路，經過施工至一半的公園，轉進一條巷子，入口處的路燈不斷閃爍。

他感覺身體發熱，髮間似乎有汗即將泌出。身旁兩側盡是四到五層樓的老舊公寓，他視線搜索門牌，不確定自己是為了什麼而來。

老舊公寓的入口沒有大門，他走進去，爬上狹窄樓梯，腳步幾乎無聲。

他來到三樓B室的門口，聽見身後另一戶家裡傳來悶悶的孩童嬉鬧聲。墨綠色大門沒有裝飾，亮面烤漆有斑駁裂紋，隱隱反射一團人形黑影。門上的貓眼使他想起筆電上的視訊鏡頭，可他不敢看進去，只低下頭，雙手插著口袋，望著地上那一排鞋——籃球鞋、帆布鞋、板鞋、低跟皮鞋整齊排列——他伸出腳，輕踏了踏距離自己最近的那雙人字拖，像是在試探，又像在比劃什麼。

黃斯漢站在那裡，過了一會，他轉身下樓，離開公寓。

或許，他只是心底抗拒相信病歷，非得親眼見證，古耀偉如今過著什麼樣的生活，而那好奇心的背後，其實藏著一份不安與愧疚。又或許，多年後當他再次見到肘窩裡的眼形刺青，那令他睡不著，潛伏在身體裡的什麼又再次甦醒，使他不惜跨越層層隔離，想更加靠近。

黃斯漢想起會診紀錄裡，古耀偉提到自己現在在一家酒吧工作，於是他打開智慧型手機，在搜尋欄裡鍵入姓名、學歷與地名，關鍵字排列組合，籃球隊，年分，選拔賽，連結新聞、學校官網與社群媒體，如今只需一點點線索，比對圖片，過濾資訊，就能找到網路上的他，和他工作的那間酒吧。

公車通過長長的隧道，他忍住飢餓，盯著一方發光螢幕，凝視古耀偉的社群大頭貼，距離上次更新已是好幾年前。

照片中的他站在瀑布邊，陽光下的側臉與露出的結實手臂，有那麼一瞬間，他揉揉眼睛，以為是看見了Afay。

摩天大樓四周林立，他下了公車，來到鬧區，站在對街觀望那間酒吧，但深色落地玻璃使他幾乎看不見裡面是什麼模樣。霓虹燈條下聚集了一群西方外國男女，幾乎是一群白面孔，人手一瓶啤酒，在門口大聲喧譁。

此刻，他理應越過人群，推開門進去，在吧檯裝模作樣點一杯酒，看看古耀偉在不在那，然而他只是在對街不斷徘徊，聽著那些異國語言，趨近又疏遠，等待外頭的人群散了又聚，聚了又散，直到他忘記飢餓，直到霓虹燈條一陣閃爍，暗下來。

酒吧的門被打開，有人從裡頭走出來。街燈昏暗，那人穿著黑襯衫，坐在附近停放的機車上，舉起捲上袖子的雙臂，點起一根菸。

是他嗎？黃斯漢躲在暗處，看不清手臂表面是否有刺青，但他聽見那人似乎在講電話，那個背影，還有聲音——穿刺進他腦中伏流的記憶。

他們的開始，乍看就像黃斯漢過往經歷的每一次，在閒聊中若有似無的撩撥，但古耀偉並不屬於一頭熱的那種，偶爾沉默，有些出乎意料的回應，他有他的節奏。

第一個夜晚，他們隔著一方螢幕，沒特別發生什麼，到最後只是互換聯絡方式。他知道他遇到對手，太猴急的顯得簡單而無趣，像這樣的反而令他好奇。那就像是在光滑皮膚上，尋找一條潛伏在底的粗直血管，他放下針，一路細細摸索，感覺對方的形狀與位置。

他傾聽，聽古耀偉說起籃球，說起刺青是某年的生日禮物，說起家鄉部落，說起黃斯漢從未去過的瀑布與溪流。以往是他用話語製造想像，如今變成他從另一端聽來話語，想像對方。

他想像五彩斑斕的族服之下露出的那條刺青臂膀，汗液沾亮黝黑的皮膚，寬闊腰背，粗壯小腿與赤足。天然的肌肉線條，青筋遍布，看起來是那般結實，那般生猛。他想像蒼白臃腫的自己身處在祭典，米酒混合著體騷味充斥其中，他們手臂勾著手臂，用力踏著舞步，繞著圈，發出嘹亮的嘶吼，像野獸。

「欸胖滴，在笑什麼？最近是在跟誰聊天。」

「屁咧哪有。」他放下手機，趴在床邊往下一看，Afay在書桌旁整理回家的行李。

「欸走囉。別太想我。」

「是在哭喔。」黃斯漢忍不住譏諷，見Afay背起後背包，他像是突然想起什麼，叫住對方，「你們部落每年過年都會舉辦祭典喔？」

「白痴喔，誰跟你過年啦，我家又不住部落，我跟部落不熟。」

「喔，是喔。」

他翻過身，躺在床上，聽著Afay關上寢室的門，他又拿出手機，看著古耀偉傳來的照片，身穿族服的他露出深邃笑容，黃斯漢忍不住想，是這樣嗎？但那份困惑一閃即逝，他繼續扮演著「小涵」，回覆對方的訊息。

後來，他們當然也視訊過了，這種事本該是一兩次見好就收，但黃斯漢卻沒有離開或封鎖，儘管聯繫並不頻繁，他持續虛構身分，和古耀偉聊天，分享自己的生活。隨著時間拉長，黃斯漢愈來愈心虛，能說的真話愈來愈少，但他只能，也只想繼續虛構下去。

黃斯漢不確定那時他們究竟聊了多久，當他從酒吧外的那條街回到租屋處，一個人躺在夜裡的床，忍不住回想，難道古耀偉從不曾發現異狀？

或是，古耀偉早已有所懷疑，只是不願意戳破他？但為什麼不願戳破？又或是，古耀偉其實就和Afay一樣，跟黃斯漢在聊天室裡遇過的每個男人一樣，他們根本不在意誰是真實或虛構，只因他們需要在每個夜晚，找到一個主動、大膽的「誰」，能夠讓他們隔著螢幕凝視，欣賞，陷入幻想，跟他們說話，而絲毫不在意自己或對方到底說了什麼？

經過那一夜，黃斯漢時不時會打開病歷，經過那間公寓，或是站在那間酒吧外的對街，他會知道古耀偉最近精神狀況變得比較穩定，看到窗台邊掛出晾曬的內衣褲，看到他上班中途出來跟人抽菸聊天，像蒐集拼圖，在心底悄悄重建拼湊對方的生活。

一天下午，離開醫院時正飄著細雨，黃斯漢撐傘散步，再次來到古耀偉住的那棟公寓。只是沒想到，當他站在三樓那扇墨綠色的大門前，發現大門沒鎖，竟留下了一條小小的縫。

是忘記鎖門嗎？還是被闖空門？他仔細觀察，注意四周任何可疑的視線。他小心挪動步伐，靠近那扇大門，豎起耳朵，裡頭一片安靜，似乎沒有人。望進門縫，玄關燈忘了關，在他的身後拉出淡淡的影子。

他嚥下泌出的唾液，伸出微微握拳的手，維持著一個姿勢，僅讓重心轉移，在那扇門上隱隱施力。

他的速度很慢，很慢，害怕門軸旋轉時發出聲響。

或許，他會在這扇墨綠色的大門前不斷徘徊，並非只是為了觀察古耀偉，而是因為他明白，在門的背後，可能存在著他所渴望卻始終無法觸碰的物事，如今那一條縫，像是一道暗示，一則邀請，使他伸出前腳，即將跨越門框——

他聽見樓下似乎傳來爬樓梯的腳步聲。

當下他沒有跑，只是摀住口鼻，壓抑短促呼吸，雙腳是那般鎮定，迅速踏下階梯，離開公寓直達巷口。

事後，他不斷回想他聽見的腳步聲，那天是真的有人上樓，與他擦肩而過？但那時的情景猶如此刻採血管中的血液，在真空壓力下不斷被抽吸出體，腦內僅剩一片空白。

他坐在抽血櫃檯，一面抽血，一面擔心自己那時是否真正踏進了門框，在潔白的磁磚地板上留下半隻髒濕腳印？那裡有監視器嗎？人字拖被弄亂了嗎？雨傘會不會留下水漬的痕跡？

種種不安的思緒包圍著他，他拔下裝滿血液的採血管，將針從病人的血管裡抽離出來，一如過往，他回蓋針套，準備拆卸針頭——

食指突然感覺一陣刺痛。

他回過神，驚慌扯下無菌乳膠手套，一顆明亮的小血珠附著在指腹上。

他衝去洗手台，在水龍頭底下用力擠壓受傷的食指，想把那些可疑的，外來的血液檢體全數擠出。

他按照流程，通報針扎事件，請學妹為他抽血，將檢體送進實驗室，肝炎、梅毒、ＨＩＶ等疾病的血液檢查報告還需要一段時間才會出爐。

下班後，辦公室主管給他一份矯正措施單，裡頭大片的空白欄位要求他要好好交代事件發生的始末。他原本將單子收進置物櫃，正要離開，可是沒幾步又走回來，打開櫃門抽出單子，離開醫院。

工作這麼久，一直以來他這麼小心翼翼，從未發生這樣的事情。到底該寫些什麼，交代多少，為什麼會發生，他走在人行道上，不禁失笑。

午後的陽光斜斜刺進他的瞳孔，不斷迎面而來的路人視線令他感到暈眩，受傷的指腹隱隱作痛，像路口的紅燈號誌，告訴他現在該停下來，不要去想，不去做。他知道，可他再也忍不住，無法只是站在那裡不動，於是朝著對街，逕直走下去。

抵達時已是夜晚，黃斯漢站在這面無法透視的深色落地玻璃之外，不確定是因為今晚真的冷了，還是因為什麼，豎毛肌使得手臂皮膚表面變成一粒一粒的。

他深呼吸，推開酒吧的門，視線環顧四周，一位蓄著山羊鬍的男人站在吧檯後方，但那不是他。座位區坐滿三分之二，一位外場服務生蹲在方桌旁，寫下客人們點的酒，又是那些白面孔，這酒吧似乎是那群外國人的聚集地。

他站在原地，沒看見應該看見，或是想看見的那個人，肩膀頓時往兩旁一鬆。此時，滿室人聲與淡淡的爵士樂，伴隨鑿冰塊與玻璃杯碰撞的零星聲響，才逐漸滲進他的耳。

他不打算離開，而是坐上吧檯，點了一杯酒。

黃斯漢看著對方拿出攪拌杯，放入一小塊紅方糖與一片橙皮，淋上一點苦精，再握著一根不鏽鋼搗棒，碾碎裡頭的一切，卻不發出任何一點聲響。

廁所傳來沖水聲，一片昏暗中，黃斯漢看見了那隻刻在肘窩上的眼睛。

古耀偉穿著那件黑襯衫，走進吧檯後方。山羊鬍男在玻璃杯中倒入威士忌，他倆低聲交談。他注意到黃斯漢，向他頷首微笑，但那眼神不過就是對待一位新客人的善意。

古耀偉戴好乳膠手套，從吧檯下方的冰櫃搬出一大塊透明、毫無氣泡雜質的冰塊，放在砧板，接著將切冰刀架在冰上，舉起冰槌，敲下，刀刃嵌進冰中。他切下一塊，又一塊冰，接著用刀，將手中的透明方體，逐一雕琢成球形。

黃斯漢望著那顆冰球，感覺它正在消融。他試圖回想，可是想不起最後一次視訊都聊了些什麼，或他們之間是怎麼結束的，只記得後來，他刪除了那個匿名聊天軟體，刪除照片影片檔案，封鎖一切，包含那個地下論壇的網站連結。

他接過從吧檯另一端遞來的那杯Old Fashion，沉默地啜了一口。

眼前這一道吧檯的距離對他來說，是這麼近，又這麼遠。他們來到了現實，面對著面，眼前的人對他一無所知，可是他記得那些夜晚，知道對方後來發生的所有事。

面對古耀偉的笑容，他說不出話，就算要說，也會在心底不自覺想要壓低聲線，像扮演成另一個角色，告訴對方——

「看他工作不覺得是一種享受嗎？」

一個帶著外國口音的中文自耳邊竄出，在黃斯漢看著古耀偉的同時，他絲毫沒有發現一位白人男子坐到了他身邊的高腳椅，正用一雙藍眼睛，盯著自己。

「嘿，Steven，還是老樣子？」古耀偉問他，那語氣聽起來像是熟客。

白人男子對古耀偉露出肯定的表情，又回來看著黃斯漢，像是打量，又像是在欣賞什麼，接著用下巴示意他的手臂，說：「有在上健身房？」

黃斯漢啜了一口酒，點點頭。

「練得不錯。」白人用那蹩腳的中文繼續說，「你是不是有去南區的運動中心，我常去那邊，好像看過你。」

黃斯漢想起在健身房淋浴間遇過的那些視線，他從不曾回應，也許他們真的見過，也可能這不過就只是搭訕的話術而已，但現在的他什麼都看，也什麼都不看，他又啜了一口酒，便索性和這個白人男子有一搭沒一搭聊起來。

白人的酒很快就來了，他們舉起酒杯，輕碰彼此的杯緣。

在一次次的舉杯裡，休閒嗜好，工作，住的地方，就像是在酒吧裡遇見的每個陌生人那樣，他們交換彼此，講些糗事自嘲，或是開點無傷大雅的小玩笑，黃斯漢感覺自己彷彿又回到那些夜晚，只是對方多了些不經意的肢體觸碰。

酒精正沿著通透的血管流竄，他腦袋發脹。燈光穿透杯底，在吧檯桌面映出微微搖晃的橘紅倒影。

「你在看什麼？」Steven 問他。

黃斯漢望進那雙藍眼睛，他聳聳肩，不像承認，也不像是否定。

下一秒，Steven 突然向前傾身，湊近他的臉。他身體一縮，想低下頭，害怕吧檯前有誰會看見。然而Steven 像什麼事也沒發生過，頎長的身軀順勢離開高腳椅，帶著薄繭的手指若有似無撫過他的大腿，經過他身後。

時間晚了，他彷彿聽見對方說。

黃斯漢坐在原位，看著Steven 走出酒吧外頭，背對著他，點起一根菸。

他回過頭，發現吧檯前只剩下那位蓄著山羊鬍的調酒師，正擦著酒杯。他四處張望，不見古耀偉的蹤影，彷彿今晚他的存在僅是一場幻覺，只是在黃斯漢的心底，他確信——剛才古耀偉已經看見了一切。

黃斯漢看見Steven 推開門走進酒吧，正在櫃檯前結帳。他灌進杯中最後一口酒，不再去想古耀偉去了哪裡，或為了什麼離開。他走向Steven，拉住那隻白皙、充滿毛髮的手臂，啞著嗓子問：「你說——你家在這附近的哪裡？」

他們一同走上夜路，穿越無人的停車場，經過大排水溝，沿著斜坡，朝那座丘陵地往上爬，不知道是不是因為酒精的緣故，黃斯漢一點都不覺得冷，只覺得腳步是如此輕快。

丘陵地上建滿水泥矮房，一方一層形成聚落，他們繞進沒有路燈的暗巷，在裡頭嬉鬧，追逐，經過透著黃光的窗戶，有影浮動，Steven 做出手勢，示意他安靜，他掏出鑰匙，插進那扇不鏽鋼大門，領著他，走進自己的套房。

迎面而來的，是黃斯漢從未聞過的氣味，似乎是某種香水，還混雜著某種體味，像用了一段時間的髒毛巾。

房間不大，但很溫暖。床尾的牆面掛著一面電視，他坐在床沿，不太確定自己應該做些什麼，腦袋熱烘烘的，身體因為醉意變得更輕了，好像飄著。

他閉上眼，感覺到Steven 呼出的氣息悄悄貼上脖頸，他跟隨那股氣息流動，翻滾，那既像是睡了，又像是醒著，他從未這樣過，卻絲毫不見笨拙，一切竟像是來自體內深處的本能。

他翻過身，倒在床上喘氣，忘了自己的衣服褲子去了哪裡，而Steven 呢，怎麼不見了，他扭動脖子，看見那副白皙修長、毛茸茸的身體，斜斜的，正背對著他，站在床邊的桌子前。

「嘿，能不能幫我一下。」

「什麼？」

恍惚的灼熱中，他彷彿聽見Steven 的聲音。

黃斯漢撐起身體，坐在床頭。電視機不知道什麼時候被打開了，他模模糊糊，看見電視螢幕裡，一位全身赤裸的男人，坐在辦公椅，口中念念有詞，像是用視訊鏡頭正對著黃斯漢說話——他愣了一下，但一下子意會過來，那人並不是在跟他講話，那只是一部被錄下來的影片。

此時，Steven 手裡拿著一支針筒，一個指頭大的小玻璃罐，與一條橡膠止血帶，來到他的面前，說：「來，幫我一下。」

「那是什麼？」

「聽過Slamming 嗎？」

黃斯漢不知道那個英文單字，卻隱約猜得到意思。他說他沒有試過，然後頓了一下，問他可以試試看嗎？

「好啊，我請你。」

於是在幫Steven 注射完之後，換他伸出手臂，讓對方為他綁上止血帶，拍打肘窩。

以往，黃斯漢總是從別人的身體裡抽取拿走一點什麼，可是現在，他望著那根全新的針，埋入自己的身體，讓透明如水的液體全數注進，那條不再潛伏，不再脆弱纖細，而是那般粗直標準的靜脈裡。

不知道血液檢查報告什麼時候會出來。他用棉球壓住針孔，忍不住想。

此時，躺在身邊的Steven 早已變成另一個模樣，他咧著嘴笑，扭轉自己的四肢，像麻花捲，發出長長的呻吟，接著拿起遙控器，不斷跳轉電視螢幕中播放的影片。

「噢，我的亞洲寶貝們——」那雙藍眼睛顫動睫毛，發亮著。

黃斯漢躺在床上，一動也不動，任由對方吻著，等待著那種感覺襲來，即使他不知道那究竟是什麼感覺。而電視機裡形形色色的赤裸男體，正用一貫相似的動作，凝視螢幕外頭的他和Steven。

有些人看起來竟是那麼熟悉，他好像看見古耀偉，等等，怎麼好像也看見了Afay，他們看起來是這麼像，他是真的分不清楚了，這些，還有那些男人。他心想，也許在這個晚上，還有其他螢幕也正重複播放著他們的身影。

酥麻感開始自頭皮與腳底一同湧現，像浪潮，一波波往他的心臟靠近。他渾身戰慄，眉頭與腳趾糾結起來，感覺眼前的電視螢幕開始擴張，距離他愈來愈近，愈來愈大，大得像一張薄毯，就要包覆他的身體。

視覺開始渙散，扭曲，畫面不斷向後抽離退去，他彷彿回到過去，回到那一個人的寢室，回到最後的夜晚。

他們面對著面，一同低語，抽動，仰起脖頸，忍不住顫抖。

他發出細細柔柔的軟呢，輕喚那曾經熟悉的名字。

眼前的男人像湊近他的臉般，湊近鏡頭，作勢輕輕一吻，接著拿起身邊的打火機，點菸，吸了一口。男人半瞇著眼，像是在享受，又像是在思考什麼，他看著他，短暫沉默，一口煙徐徐自口中吐出，像降下漫天大霧，掩蓋了身體，掩蓋肘窩上的那隻眼睛，溢出了整個螢幕。

「我們什麼時候可以見面？」

黃斯漢一個人置身在那片白茫裡，聽見對方輕聲這麼說。

海灘、水療室與陽光走廊

手機鈴聲打亂清晨海潮的呼吸，她仍半夢半醒。阿長在電話那頭問她，瑜欸，妳在哪，放假又去海邊喔。四周無人，她拉下羽絨睡袋的拉鍊，那睡袋是成年後某天從父親衣櫃深處挖到的，後來一直是她在用。

海風撫亂短髮，雙眼抗拒睜開，肩胛周圍隱隱發疼，大腿隔著睡袋睡墊感覺底下的卵礫石，是現實的形塊。她嗯了一聲，撐起身體。

阿長說，隔壁區的醫院病房發生大火，要她提早回來幫忙。

她應允後掛上電話。天邊雲厚，遮覆大半顆太陽，一片白裡透黃，像滲出組織液的紗布。搓搓鼻頭，乾燥、帶著些許紋路的皮膚表面像有削尖毛細玻璃管在輕戳，又曬傷了，但她不在意，這是熱愛水上活動的人常有的事——只是昨天她可不是來玩水的。

這習慣或許可以稱作是她一個人的祕密活動或定期儀式，十年？二十年？是在護生時期還是進醫院工作後？關於起點也只剩朦朧的印象了。

每年夏天即將結束時，身體會自動選好一個日子，帶著她回到這座曾經營運一時的舊海水浴場，像某種動物匍匐嗅聞尋路，回到初生巢穴，在這片空曠的海灘上度過一天一夜。

那都做些什麼呢？同事們曾好奇問過。不做什麼，就是看看海，餓了吃自己帶來的食物，累了就睡。有人問能一起去嗎，將此視為浪漫帶點刺激的體驗，她們也想試試看。平時不太會拒絕別人的她竟搖搖頭，露出一種旁人難以猜透心思的微笑，「不行」兩字說得篤定，也沒後續解釋，彷彿只有這件事，必須是她一個人獨自完成。

用沙子掩埋昨夜營火留下的灰燼時，她突然想到，今天本來要順道去寺裡探望父親的，不過工作就是這樣，多年下來早已習慣，與其掌控，不如學著待在變化裡，父親肯定能理解，她這麼告訴自己。

她工作的單位在醫院裡並不是這麼尋常，設置初衷也非為了疾病，只有在意外或災難發生時才派得上用場。災禍難以掌握，然而設備成本與維護費用卻高得嚇人，經營者對此很是頭痛，套一句離職前輩的自嘲——別人家是搖錢樹，我們單位可是吸金的附生植物。

九樓到了，她走進陽光走廊。

燒傷中心外的這條走廊，大家都這麼稱呼，據說是當初負責規劃的設計師取的意象——走出中心，陽光穿透一側大面採光玻璃，抵達另一側牆面，你能依序看見：傷口護理與復健的衛教海報數張羅列，再來是生活照片，慶生、才藝表演、創傷復原歷程座談會，最後是留言區，醫護人員照片底下貼滿感謝卡與打氣便條。回顧過往，在光裡邁步向前，多麼美好的畫面——但設計師大概沒料想到，陽光中的紫外線對傷者敏感的新生皮膚形同利刃，事後只好再加裝一層厚窗簾。

工作證解除門禁，穿越隔離用的自動玻璃門，她灌了幾口咖啡，換上刷手服，再外罩一件淡藍色隔離衣，穿戴髮帽口罩，僅露出一對耳目。

走出更衣室，塑膠地板蒸散著晨間消毒的漂白水氣，一絲燒灼後混雜淡薄腥臭的焦味，狡猾鑽進口罩後方的鼻腔，喚醒她身體裡的專注與警戒。

瑜欸。阿長在護理站看到她。妳去負責六床，等等跟新人交接。

病房區為一人一室隔離，大面積透明玻璃構成門與外牆，為的是方便監控病情，降低人員頻繁進出帶來的感染風險。在裡面，夜班新人的隔離衣背影蒸出點點汗斑濕氣，調整儀器，記錄數據，似乎正在收尾。

對方瞥見站在玻璃窗外的她，眼底閃過慌張，舉起手示意請她再等一下。

新人第二個月訓練時，在一次危急清創中犯了小錯。當下她忍不住刁難責罵，就像以前學姊們對待自己那樣。事後她很後悔，沒想到有一天竟變成了自己不願變成的那種學姊，可拉不下臉道歉，只好在日誌上囑咐自己：保持距離，觀察當下情緒，直面根本問題。所幸四個月後，新人撐了過來，完成訓練進入夜班，但從此和負責日班的她少有互動。

病房之外，她們翻開交班本。傷患基本資料、入院經過、本日護理措施，新人報告條理分明，但聲音裡帶著微顫——不知是整夜忙亂後的疲憊，或面對她時仍感覺緊繃，深怕自己犯錯。

「下班了快去休息。」她的回覆簡潔扼要。

新人頓了一下，反倒有些不知所措，連忙囁嚅回應，謝謝學姊，走向護理站的碎步裡藏著雀躍。

她望著新人離去，從未想過自己會在燒傷中心待這麼久。急診兩年，內科三年，再來是這裡，一待十二年過去。看同事們來來去去，結婚生子，年近四十的她一樣也沒做。

若說是因為對這份工作充滿奉獻熱忱，似乎也過於矯情。不同於急診躁動與內科沉緩，這裡的工作節奏介在兩者之間，少有人際糾結，唯一面對的只有傷口，無論是生理的還是心理的，能將護理技術發揮得全面且純粹，讓她感覺自己像位真正的護理師。

走進病房，她心想，長久待在這裡，也可能出於某種私人原因——站在死亡邊緣的浪尖，比起疾病，她更執著那些沉浮於意外災難中的人們，將他們拖上岸，照顧陪伴，直到有能力自己離開海灘。

躺在六號病床的中年男人姓趙，在隔壁區的醫院做保全，據說是在半夜接獲院內火災通報，為了疏散搶救病房裡的住民，不顧後腦、脖頸與上臂身軀浸在一片火裡。

高熱環境下，水分從他的身體深處一層層穿越移動，抵達毛細孔，不斷向外蒸發。組織液撐起表皮，長出濁白水泡，隨著內壓升高一顆顆迸裂，滋滋作響。火繼續烤，水分不斷逸逃，微血管萎縮，蛋白變性，柔軟皮膚在短短幾秒內變成一層乾硬的蠟白皮革，緊緊勒住腫脹雙臂與軀體。

剛送進燒傷中心時，嚴重水腫將男人的眼睛擠成一條黑縫，縫裡有光正溜轉。他意識清醒，言語卻反覆跳針，詢問身邊醫護，人呢，有沒有都逃出來了?他們擔心是腦震盪，檢查無外傷，問他有沒有撞到或傷到頭部？沒有，他說。只是沒過幾秒又問，大家，大家都安全嗎？

你是那裡最後一個離開的人，他們回答。

接下來幾日，她為他掛上一包又一包透明輸液，靜脈導管如蚯蚓埋伏手背，二十四小時無間斷灌注，經由身體吸收，轉化，再排出，她詳細記錄，照護首要是讓身體裡的水分回歸平衡。

但逸散的不只水分，還有體溫。失去大部分的皮膚形同生理意義上的赤裸，室溫也成寒冬。她推來幾盞半身高的烤燈，黃光圍繞著病床上被紗布纏裹的男人，霎時間，那景象彷彿是一幅神聖的宗教畫。

紅外線輻射暖意，如同過往，髮帽口罩之外的耳目仔細觀察。

日常關心背後都是一道道精準評估，過程中，她既像是在認識一個新朋友般，付出自己的真心，可在真心背後又存在著另一個自己，一個阻絕情感的高智能機械體，帶著明確目的——使個案生理機能恢復如初——一步步和對方建立所謂的「治療性關係」。

一週過去，大量輸液的灌注使男人漸漸脫離火海險境。

燒傷的手指使男人無法按下自控式止痛裝置，每隔一個小時，她就會進來病房，為男人按下按鈕，注射嗎啡。紗布覆蓋的半張臉，間隙露出萎靡雙眼，與她視線少有交集，像是在逃避。

趙大哥，昨晚睡得怎麼樣？（搖頭）

是因為傷口在痛嗎？（點頭）

還是我請醫師幫你開藥，讓你好睡一點？（點頭）

對於她的問候，男人少有回應，有時甚至愛理不理。不需要聽音樂，不看電視，也不願討論任何情緒與感受，似乎正隱隱抗拒與她接觸。

她知道有些人在一開始會是這個樣子，或許是不熟悉讓陌生人碰自己的身體，也可能是不願接受自己失去能力，需要被人照顧，於是她退開一步，降低互動頻率，試圖給予對方空間與距離。

然而當她經過病房，隔著透明隔離玻璃，看見坐臥在病床的男人，經常對著窗外或空白的牆發愣，彷彿沉浸在某段回憶之中。

她總不禁想，此刻的他究竟在想些什麼？

燒傷中心的白天與夜晚會各有一小時，開放訪客進入病房探視。

在白天時段開放前的十分鐘，她會看見一個年輕人背著黑色斜背包，短袖露出兩條精實臂膀，手提一個帆布便當袋，站在兩道隔離玻璃門外等候。那是男人的兒子，再一年就大學畢業，平時在附近泳池打工，當救生員，每次都是他來探望。

他會跟著其他家屬一起進到更衣室，換上淡藍色隔離衣與髮帽口罩，洗手消毒，向她打招呼。有時，他會從便當袋裡拿出一盒切好的火龍果或是木瓜，發出低低怯怯的聲音說，姊姊，辛苦了，這個請妳們吃。

她會把那盒水果放在休息室桌面，貼上便條與同事們分享，接著回到護理站繼續登打護理紀錄，有時整理下午換藥時所需的器材，或陪伴沒有訪客的傷患們說話。畢竟，住在近乎透明的病房裡，她不想讓他們一個人在訪客時間，面對周圍那些看得到，卻感受不了的支持與依偎。

她發現每當年輕人來看男人，男人總是一改先前萎靡，充滿精神，與年輕人閒聊。每到午餐時間，年輕人會一邊餵男人吃下營養室供給的高蛋白餐，一邊吃自己帶來的手作便當，看上去父子倆相處十分融洽。

這天會客時間結束，她算好時機，等那年輕人換下隔離衣，走出更衣室，將洗好的保鮮盒還給對方。

「現在學校跟打工一切都還好嗎？看你很常來醫院陪爸爸。」

「還可以啦，就，我想說他一個人在醫院，怕他胡思亂想。」

「每次你來，我覺得爸爸都很開心喔。聽之前來看他的保全同事說，那天火災好險有他及時發現，不然恐怕有更多人會受傷。」

「是嗎……我知道他就是這樣，只顧著別人，都忘了自己也會受傷。不知道欸，有時候我覺得我——」話說到一半，他臉上突然一陣扭曲，喉頭鼓動，似乎想憋住什麼，聲音裡的氣息愈來愈小，大手迅速往眼角一抹，大口吐氣。

「你爸一定也捨不得你這樣學校醫院兩邊跑啦，你也辛苦了。」

儘管此刻她並不完全了解對方，但短短幾句交談，便能率先察覺對方的需求。災難意外不僅僅是當事人的事，還包含身旁的重要他人，她必須先放下疑惑，盡可能回應支持他們，即使知道這些對他們來說永遠不夠。

她陪著他走出燒傷中心，在陽光走廊上慢慢地走。

他說起父母在他很小的時候分開，此後跟著父親生活。某天在公園，他盪著鞦韆，問父親他們為什麼要分開，但父親說，人生裡有些事沒辦法一直去問為什麼。

那天過後，父親開始練習下廚，從一鍋白飯開始，番茄炒蛋，煎魚，滷牛肉到香菇雞湯。國中時他留校晚自習，每天傍晚，父親會站在圍牆邊，帶著親手做的便當等他。體育課的期末測驗是游泳一百公尺，每個假日，父親就帶著怕水的他去泳池，踩水，閉氣訓練，手把手教會他自由式。測驗通過那天，父親沒煮飯，帶他去夜市吃牛排。他永遠記得那天回家路上，從未見過父親那般輕鬆，手裡拿著一罐啤酒，臉紅紅地說起自己年輕時在海邊當救生員，救了不知多少比基尼辣妹。

父親不僅僅是父親，是玩伴，是教練，是朋友。

每次來到醫院，見父親嘴上說自己沒事，其實他心底明白怎麼可能沒事。他想要像個大人那樣沉著應對，但這一切就像是他小時候第一次泡進泳池，總覺得隨時會被淹沒。看著病床上的父親，沒有人告訴他還可以多做些什麼。

「真抱歉跟妳說了這麼多。」

年輕人再次抹抹臉，把空保鮮盒放進帆布袋裡，走進電梯，露出一口白牙說，姊姊再見。

下班後她經過夜市，鐵板牛排的香氣陣陣溢出，想起男人的兒子對她說，或許後來他喜歡烹飪和去當救生員，是因為父親也曾這樣做過。

外帶回家的晚餐沒動，她一個人在租來的房間裡走來走去，感覺胸口深處那沉積已久的什麼，因為年輕人的話，再次擾動混濁起來。

她想起她的父親，在她十一歲時離開，起因是一場意外。

關於父親的種種，是母親在餐桌，在房間，在街道，在電影院照相館，在每個生活場景裡偶然遞出一塊記憶的敷料，貼在她的心上，和其他感官經驗混沾成一片模糊濕黏的印象。

父親也是一位護理師。小學三年級時，她上台分享父親的職業，一位同學在台下大喊，男生做什麼護士，妳爸爸是娘娘腔，其他人聽了不禁哄堂大笑。那天放學回家，她躲進房間不吃晚餐，直到睡前都拒絕跟父親說話，她忘了後來有沒有跟父親和好，只記得裹在棉被裡，肚子因為飢餓發出的聲音好大好大。

又想到有一次，爸媽帶她去舊家街邊的蛇肉湯鋪吃飯。她從廁所出來，經過廚房，為了偷看籠子裡的蛇，不小心被水管絆倒，竟伸手扶向旁邊加熱中的大鐵鍋——母親事後告訴她，鐵鍋沒倒，倒是留了一層掌皮在鐵鍋上，哭聲驚動內外場。父親衝進來，一把抱起她，抓著她手，就往水龍頭底下沖。

她忘了父親是怎麼說服年幼的她撐開手掌，用火烤過的針迅速刺破大水泡，敷上含銀膏藥，只記得有段時間，她的右手掌包起厚厚紗布，像戴上白色的無指手套。

母親說，小時候妳生病受傷，都是妳爸爸在照顧妳。

是嗎？她幾乎沒有印象，而那次燙傷，是父親最後一次替她包紮嗎？

她重新攤開手掌，細細檢視靠近拇指的那塊掌肉，如今癒合後的疤痕早已隨著時間淡去，就像是她對父親的記憶。唯一留在大腦皺褶裡的僅剩疼痛，受傷當下的疼痛，時不時就像從暗處竄出的一條蛇，利牙狠狠嵌進肉中。

兩日後，男人拔除身上管路。她在換藥時發現幾處傷口長出深色焦痂，有些地方有化膿的跡象。回報醫師，她遵照醫囑，將止痛藥交給男人，說，晚點我們要進行水療清創。

走進水療室，換藥檯與大垃圾桶隨侍在側，牆壁掛著過濾殺菌的淨水設備，底下陳列幾種洗浴系統，供不同受傷部位的傷患或躺或坐使用。

男人赤身坐進淋浴椅，雙臂垂在兩側扶手，像一座癱軟的十字架。

無菌溫水澆淋在他頭部、手臂與軀幹上纏裹的紗布，她小心翼翼，一圈一層拆開，敷料沾黏傷口，抓起一角，撕不動，水持續澆淋軟化，緩緩撕下，感覺另一端傳來的顫抖，直到傷口完全露出，男人臉色已是一片慘白。

她輕聲安慰，男人深呼吸，點點頭，他們繼續。

手術刀對準手腕內側與臂膀，外科醫師開始削下焦痂。組織壞死深度有多深，就削下幾層，直到露出粉色內裡，讓血薄薄地滲出來，唯有如此，傷口才有可能長出新肉。

淨水流過傷口，男人頭一撇，額上青筋暴突。他們抹上沐浴露，用濕紗布刷拭他的身體。此刻泡沫比火焰更加炙人，只見男人瞪大雙眼，開始哀號，抗拒混雜乞求，音量漸增，語言也逐漸失控，絕望與憤怒自他的喉間汩汩湧出，整個人像是著了魔般，盡可能縮起身體，閃躲，不斷掙扎。

在她年輕時，那些聲音與表情裡的痛苦，往往像無形電流，熔斷理性的保險絲，令她忍不住邊刷邊啜泣。十幾年過去，她不是沒有感覺，而是她明白在這種時候，感知與同理必須對摺收好。

「就快好了，再忍耐一下下。」

她加快動作，聲音宛若念誦經文，告訴對方，也告訴自己。

但止痛藥似乎完全失效，男人揮動四肢，腳往她的身上猛然一踹——為了閃躲，她險些滑了一跤。

不等其他人，她厲聲喝阻對方。那聲音使所有人動作停下，穿透驚懼，穿透一切混沌與發狂，在水療室裡迴盪。

男人喘著氣，安靜了下來。

淨水帶走傷口周圍的泡沫與皮屑血塊，片片黑色痂皮漂浮在水面上。

他們讓他坐上另一張治療台，擦乾、塗藥，重新包紮這副受難的身體，最後由她攙扶男人回到病房。

新床單已鋪上，她協助他坐上床。今天男人的兒子沒有來，她端來他的午餐，坐在床邊，一匙匙餵他。來，小心燙，她輕聲說，彷彿完全忘記了剛才在水療室裡發生的一切。

男人吃下菜飯，一口接著一口。嘴邊肌肉牽引頸部周邊的傷口，原本因疼痛而咀嚼緩慢的他，現在卻狼吞虎嚥起來，像個做錯事的孩子，眼角的光在兩頰鼓動咀嚼中閃爍，那是無聲的愧疚、狼狽與不知所措。

吃慢點。她裝作沒看見，只是如常般拿出紙巾，輕輕擦拭他嘴角黏上的一粒飯，像一種安慰。

或許男人自己也知道不能再這樣下去，若說先前他就像是躲在殼裡的寄居蟹，那麼現在他終於願意伸出觸角與螯足，緩緩朝向海灘上的她靠近。譬如當她走進病房時，他會向她打聲招呼，儘管還有些生怯。他的目光不再沉浸於回憶而失焦，說話的時候，視線和她開始有了交集。

醫師過來評估他的傷口，復原情況不錯，暫時不需進水療室，但並不表示接下來就很輕鬆。每當男人見她推著藥車走進病房，將綠色包巾鋪在換藥檯上，意識到一天一次的換藥時間再次來臨，臉又立刻蒙上一層陰影。

她按下按鈕，男人呼吸裡的緊繃，隨著病床頭緩緩抬升。就像過往照顧每位傷患那樣，她會對男人說，其實她還不夠了解他，趁著漫長的換藥時間，請他說說進來這裡之前的生活。

一開始，男人還有些彆扭，不曉得該怎麼說，話語斷斷續續，甚至過度正經介紹自己，而她會一邊用沾濕棉花棒悉心清理每個創口，一邊提問，讓男人的注意力分散在回答裡，痛苦的時間就不會那麼長。

隨著日子過去，那些破碎的話語就像是紗布底下的傷口，漸漸長出新的組織，逐漸形成一小片故事。雖然有時在故事中途，會出現幾聲哀號，或者「麻煩輕一點」的請求，但多數時刻，男人能忍著痛，繼續把故事說下去。

她聽他說過，他的工作就是成天站著，看那些反覆進出醫院大門的臉孔，有些年輕的，只見過一次，有些老的，也只見過一次，他總是為他們叫車，目送他們離開或啟程。他說過，那場失敗的婚姻，以一種自嘲的語氣，是不夠認識自己的兩個人，錯把對方當成自己的倒影。他也說過，那些他到場支持的游泳比賽和每一年吃到的父親節大餐，露出欣慰帶點苦澀的笑，說，至少，至少後來還有兒子，兒子讓他學會做一個父親。

話後是短暫沉默，他突然抬頭問她，妳跟妳父親關係好嗎？

凡是這類私人問題出現，她總會提醒自己正在工作，她在他的傷口上塗抹膏藥，模稜兩可的回答，算好吧。但有時候她會心軟，比方說現在，於是又好像輕輕加上一句，其實印象很淡，家父很早就不在。

偶爾，男人對她正在做的事感到好奇，她會一邊在他肩膀貼上那塊淡黃色的敷料，一邊向他解釋，那敷料是用一種海藻做的，裡頭的海藻酸鈉和傷口結合，能在表面形成一層透明的凝膠，讓傷口在濕潤的環境裡生長。他低頭努力靠近自己的肩膀，一嗅，嗯，鹹鹹的，好像真的有大海的味道哩。

說起大海，她說她很喜歡去海邊，浮潛、衝浪、獨木舟，什麼都體驗過。

已經很久沒去了，他說。

他盯著潔白紗布纏繞在自己的胸膛一圈又一圈，逐步掩蓋傷口，忍不住自言自語，不知道我有沒有跟妳說過，以前年輕時在海邊當救生員？

綁好最後一個結，雙臂套上網套，她笑說有聽他兒子講過。

這樣就好囉。她俐落收拾散落的器械、綠色包巾與換藥檯，推著藥車準備離開。男人叫住她，嘴巴微張，貌似想說些什麼，但在最後一刻，他雙肩一頹，不敢看她，僅吐出短短一句「謝謝」。

算一算時間，男人來到燒傷中心也將滿一個月。這天拆下紗布時，她為他拿來一面小方鏡，讓傷者透過鏡子，重新辨識受傷後的自己。

此時的他，已能用手簡單握住掌心大小的鏡子，新長出來的皮膚顏色很淡，就像罐頭裡再紅一點的鮪魚肉。指頭漫步摸索，下頷至頸部，走在一條熟悉又陌生的道路，柔嫩異常，感覺有點單薄，有點皺，表面有淺淺的波紋在流動。

「摸起來有什麼感覺？」她坐在病床邊，觀察他的反應。

「不太會痛，只是觸感有一點怪。」他放下鏡子，檢視自己的兩條手臂，喃喃說道：「我這樣是不是很恐怖？」

「會擔心看起來很恐怖嗎？」

男人抿了抿些許乾裂的嘴唇，看不出是擔心，還是不擔心。

後來，他們還談論許多，比如對火災的記憶與感受。

男人不在意火災，也不責怪後悔什麼，一切似乎沒有造成太大的影響，但經歷意外後的心理也可能像那些新生的皮膚，在未來的某個時間點開始失去控制——無論是向內攣縮，或形成過度肥厚的肉芽。

於是她為他換下藻膠敷料，改貼人工皮，裹住男人身體的不僅是紗布，還多了一層彈性壓力衣。

趁著訪客時間，她向年輕人報告接下來的治療計畫，帶父子倆一同做簡單的復健練習。年輕人握著他父親的手臂，用指腹與掌根輕輕按摩，推開嬰兒油，讓乾燥搔癢的新膚逐漸安定。抬頭，低頭，向左轉動，向右轉動，一天四次，拉伸再拉伸，抓握與放手。

男人恍若回到小時候，重新學習吃飯，刷牙，洗澡，上廁所，在一旁看顧的兒子反倒變成了他的父親。

那些再簡單不過的日常動作，一遍遍擰出汗水，浸濕壓力衣，從頭套縫隙中爬出，刺進男人的雙眼。

如果說換藥清創時的感受，像是躺在火堆裡燒紅的針床，那麼復健治療的過程，就像困在深海底，水壓擠迫胸腔，手臂不再是手臂，移動一公分都顯得那麼吃力。

年輕人離開後的下午，陽光變成一條金線自窗簾縫隙延伸至牆壁。

明明已是休息時間，隔著病房玻璃窗，她看見裡頭男人正靠牆持續練習。不斷向上伸展的右手，彷彿正緊抓著那條金線，懸吊在半空之中，隨時會掉落。

「趙大哥，要記得休息一下。」她走進病房。

「喔，小瑜啊。」男人停下動作，抹抹出汗的額頭，露出有些尷尬的笑。他喝了一口水，坐回病床。

「大哥，明天開始我連休四天，之後會是其他人來照顧你。」

「這樣啊。」男人頓了一下。

「最近練習得很認真喔。」

「想說趕快恢復過來，也許就能出院了吧。」

「出院以後，有想做什麼事嗎？」

男人思考了一下，緩緩說道：「也許……去個海邊吧。」

「不錯呀，如果你持續好好復健，之後等你出院，我可以跟你還有小宇，我們一起去。」

男人又喝了一口水，對於她的提議，沒有表示拒絕或肯定。他直盯著被膚色壓力衣包裹的掌心，握緊，鬆開，又握緊。他又想起年輕時在海邊的故事，或者說，他從來沒有忘記。這故事沒人聽過，連自己的兒子也沒有，但過了這麼久，他決定，決定說給她聽：

那時候，他的年紀就跟他兒子現在差不多，二十出頭，喜歡游泳，在朋友介紹下，暑假到海水浴場打工。

坐在架高的不鏽鋼救生椅，脖子掛著一枚紅哨子，透過墨鏡，反射陽光的海水不再刺眼，一切都在眼下，使內心升起一股莫名的膨脹。他以為那是一個再普通不過的夏天，只需對著不懂事的小屁孩吹吹哨子，偶爾經過戶外淋浴區，欣賞那些比基尼辣妹，下班後脫下海灘褲，就去海裡游一趟。他算算薪水，加上其他打工的錢，或許畢業前就能買一台自己的機車，愛去哪就去哪，環島一圈或許是不錯的選擇。

打工結束的最後一天，他還記得是下午，陽光烤著他的背，水分自他的身體深處移動，不斷向外泌出。遊客如汗珠，密布在整片海灘上，純白，淺藍，黃格子，紅條紋，那些泳衣在奔跑，走動，或躺或坐。

不過是一個呵欠，閉上眼的瞬間，卻聽見隔壁同事的哨音警戒。定睛一查，在他的轄區，蘋果綠泳衣，有個小女孩正漂離海灘，附近似乎有一個男人正要游過去。他丟下墨鏡，揣了救生圈就衝進海裡。還記得那天海面是那麼深邃的藍，深諳水性的他，藉著海流使力，迅速來到不斷掙扎的女孩身邊，為她套上泳圈，拉起繫繩，就要往另一個方向遠離海流。

女孩吃了不少水，不停咳嗽，虛弱地說著爸爸。

爸爸？雙腳在海裡劃著一圈又一圈，一道浪又朝他和女孩打來，他抓緊繫繩，努力揚起頭換氣，剛才看見的男人到底在哪裡？

那時候究竟是怎麼想的？他們距離海灘已經很遠了，也許距離男人還很近，多一眼，如果再多看一眼，會不會就有可能發現？他從未想過那個夏天是這樣結束的，當他上了岸以後，在筆錄，在新聞剪報，在警察局，在泳池，在未來的日子裡回想那一片深邃的藍，心底反覆問著自己——為什麼？

故事說到一半，男人突然停了下來。

夕陽下沉，病房牆上的那條金線，終於再也無法支撐室內的昏暗而斷裂。坐在病床上的男人，整個人浸在夜色裡，被彈性頭套覆蓋住的臉，只露出一雙黑色的眼睛和一張緊閉的嘴。

「然後呢？後來發生了什麼事？」她問。

男人好像搖了搖頭，沒有說話，她不確定他是陷入回憶，還是在猶豫什麼。她看見他的眼神，示意她身後——夜班的新人已著好裝，隔著透明玻璃在病房外等她。

「妳先去忙吧，之後有空再說。」

她離開病房，如同往常，她們翻開交班本，一一詳細報告：傷患基本資料、入院經過、本日護理措施、病人觀察狀況——

「學姊。」

「嗯？什麼問題？」她想都不想，反射性回答。

「喔學姊，我，我沒有問題，那個，嗯——妳還好嗎？」

這是什麼意思？看起來有很糟嗎？她心想，但沒說，只是隨口應付——還好啊。她刻意直視對方的瞳孔，卻在兩面黑鏡中瞧見自己一臉茫然。見對話將轉趨沉默，新人趕緊自圓其說，喔學姊沒事啦，可能只是我看錯。

完成交班，她回到護理站，對著電腦登打完今日份的護理紀錄，按下存檔。

護理站電腦的速度永遠這麼緩慢，系統處理中的圖式彷若一條灰蛇，在螢幕正中央不斷繞圈爬行，她望著那條蛇出神——男人說的故事也像是一條蛇，盤踞在她心上——拇指附近的掌肉突然一陣灼熱刺痛，像是被某種極為熾熱的事物啃噬。

她不再等待存檔，而是逕自走進更衣室，摘下髮帽口罩，將身上所有隔離衣物全丟進了汙衣筒。

男人說故事時，語調異常平靜，裡頭似乎還帶了一絲顫抖，和平時的他完全不同，為什麼男人要跟她說這個故事？

她開著車在公路上奔馳，心想她應該要繼續問下去，而不是就這樣離開，但如果這故事就和男人之前說的任何一個都一樣，或者說，就和她照顧過的每位傷患都一樣，這些故事只是他們生命中的記憶碎片，身為護理師的她就只需做好分內的工作——當一個稱職的傾聽者，聽過就該忘了——那麼在當下追問這個故事結局的意義又是什麼？

或許，她應該要承認，隨著男人細微的描述，夏日陽光與深邃的藍，模糊的風景在心中愈發清晰，使她逐漸意識到，自己可能知道那個故事的結局，只是她不敢確定，或不想確定。

一直以來，她以為這故事只屬於她和她的母親。

她再次回到那座曾經營運一時的舊海水浴場，脫下鞋子，走在海灘上。沙子很細，幾乎感覺不到顆粒，每一步都還透著白日吸收陽光後散發的餘溫，夾帶底層些微濕氣，蒸騰上升，幻化出那一排陽傘、躺椅，躺椅之後的救生椅，嘈雜歡快的人聲與音樂聲，然而當身後的夜風吹來，往日頃刻消逝，僅剩她一人，在夜裡不斷向前走。

她撿拾幾根漂流木，在海灘生起小小的營火，紅光包裹著藍色的焰，窣窣擾動，映照著她的臉，海潮聲在耳邊反覆呢喃那天的情景：

那個十一歲的女孩為什麼這麼做，其實不過是一個小小的、一閃即逝的念頭，像午後海面上的碎光，亮亮暗暗的，一閃一閃。她並不討厭父親，只是覺得煩，因為父親不一樣了，或者說，是她不一樣了，但也說不上具體是什麼不同，只感覺眼前的碎光正向她招搖，使她和海灘上的父親拉開距離，獨自走進海裡。

但海流是這般強勁。

又一波海水直衝腦門，嗆得她頭暈目眩，感覺正在下墜。女孩伸出手，緊抓突然出現的救生圈，以為是父親，沒想到卻是個陌生的年輕男人，可她明明記得海浪從沙灘上帶走她的那一刻，父親也跳進了海裡。

鹽分使她雙眼刺痛，睜不開，她拚命伸長脖子，試圖呼喚父親，卻感覺年輕人帶著她往反方向游，從此離父親愈來愈遠——後來發現父親時，他的肺裡已被灌滿海水——腳在水裡不停空踩，她幾乎筋疲力盡，忘了自己後來是怎麼上岸，年輕人也不見蹤跡，只記得另一群人圍住她，母親緊緊抱著她哭泣。

沙子黏滿腳底，海水從髮梢一滴一滴落下，她本應該感覺寒冷，卻發覺肚腹裡有股灼熱，化不開。她想上廁所，輕輕推開母親的肩，走了幾步，不太對勁，好像有什麼從泳衣縫隙裡，沿著大腿，悄悄往下爬竄。低頭查看，她不禁驚叫，那時還不懂，以為自己受了傷，蘋果綠泳衣下身被染成了一塊暗暗的紅，就像是遠方夕照之下的海面……

如果，如果當時的年輕人真的就是這個男人——她重新回想男人入院至今的一切——會不會打從她向他介紹自己的那一刻起，模糊的五官輪廓，熟悉的姓名，都讓他想起了她可能是誰？

她想像那位年輕的救生員，從大海回到陸地，成為一位中年保全。那個夜裡，當病房發生大火，男人幾乎像發狂般，不顧自己身上的傷，堅持一床一床疏散，確保每個人都逃出來，無非是想從那日夜糾纏其身的罪咎感中，獲得一點點寬恕與解脫。

她凝視身旁火堆裡的漂流木，有些表面發出橘紅的光，有些已焦黑碳化，有些積聚著白灰，就像是她這一生中看過的無數燒燙傷口。她後來成為一位護理師，不斷治療、照護那些他人的傷口，以為這樣就能不用面對自己的，甚至可以遺忘那股疼痛。

或許，就某個程度上來說，她和男人是一樣的。

無論是彌補或逃避，生命總會以各種形式反覆提醒——你永遠不可能藉著拯救別的什麼，去挽回補救你原本失去的，因為失去即是失去本身，傷口一直都在，疼痛一直都在，你只能藉著那一次次的提醒，去凝視，去感受，去度過，直到海面不再為此洶湧——就像男人從未預料自己會再次遇見她，就像她總會回到這片海灘上，無論時間過了多久。

她抱著雙膝坐在海灘，眼前是一片荒蕪的黑，身後的風不斷吹亂短髮。

一陣焦臭倏地鑽進鼻腔，轉頭一看，身後羽絨睡袋的一端，不知何時竟被風吹進了營火堆裡。

她起身搶救，拖出睡袋，但來不及了，父親的睡袋被燒出了一個大洞。

撒上好幾把沙，她跺地不斷，想滅火，可是燙，火勢一路蔓延，那睡袋在她一拉一甩之間，裡頭的白色羽絨不斷抖落湧出。

風呼呼地吹，燃燒中的羽絨漫天飛舞，她停下動作，從未見過那幅景象，每一根羽絨都帶著微小的火星，在夜空中閃爍，像眼睛般一眨一眨，不斷往海面上空飄去，最終化為幾乎看不見的灰燼，悄悄殞落，與大海融為一體。

九樓到了，她走在陽光走廊，儘管這裡少有陽光。

假期結束後，她在牆邊的醫護人員留言區，發現上頭釘了一張黃字條，是男人的兒子寫給她的，感謝她這段時間這麼用心照顧他父親，遺憾出院時她正好放假，沒能見到面，許諾之後會帶禮物來親自道謝。字條上的筆跡是這麼青澀，這麼真誠，令她想起夜班的新人，想起過去的自己。

她感覺到心底原先翻湧、充盈的什麼，竟隨著男人出院的消息戛然而止，開始緩緩消散。不確定那是否可以稱之為失落，但在這裡，她總是經歷一次又一次，同時聽見另一個自己在腦中扁平念誦——個案生理機能大致恢復，即將迎來新階段的生活——有些空間被騰了出來，就像透明病房裡，那張換上新枕頭新床單，平整、空蕩的六號病床。

直到最後，她仍不知道男人的故事，和她自己的，是不是一樣。

無論他們是否曾經見過，如今她與男人，不過只是一位護理師與一位傷患，在這條走廊偶然相遇，又再次分離。她想像著在往後的某一天，那個中年男人會走在一片空曠的海灘，和他身邊的年輕人，悠悠說起她未能聽見的故事結局。

工作證解除門禁，燒傷中心隔離用的自動玻璃門打開，她看見阿長依舊在護理站辦公，數個身穿淡藍色隔離衣的身影從眼前匆匆掠過。

進去之前，她提醒自己，手裡多買的那一份早餐，等等放在新人的置物櫃裡，她要跟忙了一夜即將下班的她說，早安。

顯微紀

凡病毒走過必留下痕跡。如果瘟疫是一個人生命裡的關鍵時刻，雪俐沒想過自己會經歷兩次，一次發生在她三十三歲，SARS消跡後的那年冬天，她的婚姻走到盡頭；另一次是現在，COVID-19讓她發了大財。

同行傳訊息虧她，說這波疫情他們公司肯定賺飽飽，哪像他肝藥賣不出去，在家閒得發慌，只求疫情快過。雪俐趕緊回覆一個「哭哭」的表情貼圖，告訴他，如果哪裡需要幫忙她盡量。但在她心裡，另一種念頭一閃而過——

她求得不多，只要別更嚴重，希望疫情就這麼持續下去，讓她收穫更漂亮的業績。

五十二歲的她整理好頭髮，對著梳妝台的鏡子搽上口紅，抿了抿豆沙色的唇。就算現在外出必須戴口罩，口紅依然重要。畢竟化妝從來就不是為了給誰看，而是讓自己感覺完整。

手機的訊息提示音響個不停，她嘆口氣，八成又是機場的事，不過等到她收拾好化妝包，拿起手機，才發現原來是孩子們的訊息，要她記得吃飯，晚點工作時注意安全。她露出欣慰的笑，直到疫情發生的這段時間，她才感覺到，原來孩子們真的都長大了。

離婚後孩子跟她，那時，她剛從護理師轉進現在的公司沒幾年，總是開著車，在公寓、醫院與幼兒園間來回奔波，而時間不過是前方一個轉角路口，過彎之後，才發現車後座突然安靜下來，不知何時，一雙兒女紛紛下車離開，到外地念書、工作，只剩下她一個人獨自生活。

客廳沒有開燈，窗外天色像打翻在玻璃茶几上的一灘伯爵茶滲進室內。紙箱裡裝的是這時節最搶手的醫療物資，有的來自公司庫房，有的則來自別家業務，藉由贈與物資互通情報有無。

她從紙箱裡拿出五盒快篩試劑，兩件白色連身隔離衣，又進廚房拿了五六顆從有機農場網站訂購的青綠蜜棗和一盒草莓，這些是要送去給安琪與聖堯他們夫妻倆的。

等會去機場上班之前，她要先去安琪那裡一趟。安琪身體向來不好，託她送點東西，給在防疫旅館隔離中的聖堯。

物資裝進大賣場的厚塑膠袋，檢查清單，確認該帶的都有帶。她穿上低跟鞋，背起上班用的小牛皮托特包，外加這一大袋物資，匆匆出門。

在電梯下降的過程中，她習慣看向電梯裡那面大鏡子，再次檢視儀容，這才輕呼一聲——最終她遺漏的，並不是要給別人的東西，而是那一層她該戴在臉上保護自己，阻絕任何外來入侵的口罩。

銀色豐田開上通往台北市的秀朗大橋，或許是疫情使然，不見以往淤塞的車流，如今一路暢通。落日無蹤，新店溪水面反射天邊餘光，為岸邊的高樓群影抹上一層濛濛金粉。

雪俐拉下車窗，讓二月的冷空氣灌進車內，她必須醒醒腦。

幾個月前，疫情又開始燒。公司接到上頭指示，要在機場加蓋實驗室，擴大落地篩檢，由她管理的業務部負責規劃一切。

一片焦頭爛額說的不只是事，還有她的臉。那能怎麼辦，靠紅牛與安瓿死撐，在無數通電話與視訊會議中規劃場地，調度南北部倉庫裡的儀器機台，還要賣人情請求合作醫院們支援篩檢人力。

婉拒的多於答應參與，她知道那並非見死不救，而是現實下種種風險評估考量，雖可以預期卻也感到挫敗，直到一段時間沒聯絡的聖堯打電話來，告訴她，他的檢驗科能來幫忙。她終於鬆一口氣。

驗收那晚，她拖著黑眼圈，帶領疫情中心的指揮官來到第二航廈視察。醫療人員們戴上護目鏡與N95口罩，外加密不透風的白色連身隔離衣，若不說話，幾乎認不出誰是誰，但她遠遠就看見站在角落裡身形瘦長的聖堯。

他也看見了她，見她在忙，只是微微舉起了手。

這可是歷史性的一刻。指揮官拿出手機，讓大夥兒列隊，站在偌大白色機體與玻璃空橋前，說要幫大家拍張團體照，接著轉頭望向一旁的雪俐，要她和她的下屬也一起入鏡。

於是她一身西裝褲打扮，小步跑進隊伍的第二排，站在身穿隔離衣的聖堯斜前方，跟隨指令，所有人露出被口罩擋住的微笑——喀嚓，照片裡的他們像是一群執行太空任務前的太空人與後勤人員。

接下來，她擔任夜班的實驗室主管，把候機室當作辦公室，偶爾站在大片落地窗前——不是欣賞飛機起降，而是盯場——看那一籃籃的檢體從登機門垂降至下方實驗室窗口，在深夜時分思考人流動線、篩檢效率與應付種種突發狀況。

最近這幾年，她感覺自己幾乎是依靠意志力在工作，但事實上，如今她還能擁有的，也只剩意志力了。在這種非常時刻，若是真的感到疲累，她會戴上頸枕，坐在候機室的黑色長椅，雙手交叉於胸前，閉眼小憩，彷彿自己只是某位正在等待轉機的旅客。

然而現實往往等不到轉機。

實驗室運作不到兩個月，一位支援醫檢師確診，同班數人被匡列，聖堯是其中之一，被送進鄰近機場的一間防疫旅館隔離。雪俐頓時又失去好幾個支援人力。

安琦得知後在電話裡向她抱怨丈夫，難道檢驗科裡事情還不夠多？好好的主任不當，偏要在院長面前求表現，把事情攬到自己身上，結果妳看，科裡沒人敢去支援，只剩下他，說什麼拋磚引玉，現在被匡列可好，要是到時候他也染疫，看要怎麼辦。

雪俐心底感到抱歉，卻也沒多說什麼，只是聽對方說。

她明白對安琦而言，這不僅止於一位妻子的憂慮，更是身為過來人的陰影——十九年前，安琦正是從另一場大疫中存活下來，被報刊媒體封為「抗煞英雄」的其中一員，而安琦家中那張被護貝起來的剪報，如今不知是被收在某個抽屜深處，或早已進了距離他們家最近的那座焚化廠，在有著長頸鹿圖案的煙囪裡，和其他垃圾化作一團濃煙，飄升後在大氣裡消散。

住宅區沿著山邊層層修築，安琦與聖堯就住在這附近，距離他們工作的文山醫院不遠。每次開車過來，總令雪俐想起以前出差時去過的舊金山街道，但這裡地勢沒這麼陡，巷弄蜿蜒複雜，空氣中更多了一股樹葉在冬雨裡靜靜發霉腐爛的氣味。

她認識他們夫妻倆也有好一段時間，第一次見面是SARS結束後的第三年。

那時聖堯還只是檢驗科血清室的組長，為了更新實驗室設備，找上剛接手文山區業務的她。合作相當愉快順利，到了年終，她決定舉辦聚餐，感謝客戶支持，這才認識了與聖堯一同出席的安琦。

她記得那天，安琦穿了一件白色墊肩的雪紡紗上衣，話不多，微笑有些心不在焉，與同事們互動不熱絡。她坐到她旁邊，閒聊之下才知道彼此正巧畢業於同一所護校，安琦長她兩屆，也不做護理師了，平時只在檢驗科的抽血櫃檯外兼職抽血。

或許是來自相同母校，使兩人之間頓時多了話題，還有重疊的人際圈，即使在學時她們從未遇見過彼此，在此刻也產生某種惺惺相惜的感覺。

吃完飯後，一夥人到了KTV續攤。那時候莫文蔚的新專輯剛出，她和安琦都喜歡那首主打歌〈如果沒有你〉。她們握著麥克風一同合唱，旋轉迪斯可燈的七彩光撫掠過每張紅潤的臉，聖堯頂著微醺，走到投影幕前伴舞，在鋼琴與弦樂背景裡，卻惹得眾人忍俊不住。

一切彷若昨日，車裡的電台廣播又傳來莫文蔚略低的嗓音，滄桑裡卻帶著一絲天真。真不知道她現在幾歲了，雪俐心想。

剛入行時前輩曾提醒過她，要把客戶當成朋友經營，卻不期望和他們變成真正的朋友。雪俐感到慶幸，後來她和這對夫妻確實成為了摯友，就連她的孩子也是，喚他們作阿堯叔叔與琦琦阿姨。她曾帶著孩子們跟他們聚餐，有時一起出遊，孩子們總忘不了那年大家一起上山露營的回憶。如同家人一般，他們參與了彼此人生。不過現在，他們已經很少這樣出門碰面了。

她停好車，坐在車裡聽著音樂。外頭的樹影落在副駕駛座墊上，光點輕輕晃動，像水波。她打開前置物箱，拿出一副新口罩戴上，再次捏了捏鼻梁，讓口罩邊緣包覆的軟鐵絲密合一切。熄火，開門下車，電台音樂持續了好一陣子才自動關閉。

當年染煞之際，高劑量的類固醇治療雖救了安琦一命，但全身後遺症不斷，譬如那一對髖關節，在往後七年裡陸續壞死。才四十出頭，安琦就裝上人工髖關節，走了十幾年，如今只要天氣一變，那裡便隱隱發疼，或許輪椅已停在前方餘生不遠。

記得安琦做完手術後的那陣子，聖堯剛升上主任，特別忙，雪俐工作時間彈性，每週有幾個早上，會開車到他們家，載行動不便的安琦去專科診所做復健治療，結束後一起吃個午餐，再把她送回家。

入夜了，雪俐口中呼出一團白煙熱氣，來到社區住宅裡的這棟透天厝。些許生鏽的柵門不高，可以看見前院停放著聖堯的轎車，車邊放了一個中型紙箱與一個小行李袋，那應該就是安琦準備給聖堯的東西了。

她將帶來的物資放在腳邊，按下電鈴。

電鎖解除，她推開柵門，聽見屋裡深處傳來安琦的聲音，來了來了——門前燈亮起，安琦匆匆開門，口罩露出一點鼻尖，整個人因天冷而包得嚴實。

「安琦——好久不見。」

「哎呀，怎麼還帶一大袋來，就跟你說我們這裡都夠。」安琦一步一拐緩緩走下台階。

「沒關係啦，妳就拿去。備著總比沒有好。看看我還帶了什麼。」

安琦接過塑膠袋，望見裡頭她愛吃的蜜棗，眼底透出驚喜，「那也拿個兩顆給聖堯吧。」

說完，她拿出兩顆蜜棗，放進那紙箱——裡頭裝著肉乾、維力炸醬麵、一袋韓國麻糬麵包、仙楂餅與芭樂乾，還有半盒濾掛式咖啡——全是聖堯喜歡的食物。

不是剩九天就出關，真有需要那麼多？

雪俐心想，然後看見了紙箱裡的草莓，她沒想到安琦也準備了一盒，只是安琦不知道，現在另一盒就放雪俐的車上。

「他就整天在旅館裡嚷著無聊，想吃東西。」彷彿是聽見她的心聲，安琦向她解釋，「然後還有他的換洗衣物，跟一些博士班的文件都在這個行李。真不好意思，再麻煩妳了。」

「沒問題，我送到了再跟妳說。」

「小竣跟茉茉他們都還好吧？聽說台南跟花蓮那邊也變嚴重了。」

「嗯，都乖乖待在家裡。小竣還開始練習自己煮。」

「真好，這個當媽媽的還真幸福，以後就叫兒子煮給妳吃——」接著，安琦像是突然想起什麼，「唉，妳看看，沒確診就出現腦霧，差點忘了你們的便當，等我一下。」

安琦提起塑膠袋，轉身上階，步伐依舊有些吃力。她上前想要幫忙，但安琦連忙說著不用不用，讓她在外面等一下。

她站在前院，望著她的背影，想起陪著她復健、回診的那段日子，關於那次大疫的過往，安琦有時在車上會說，有時只是在午餐時沉默。手術後來在安琦髖部留下的疤痕，總令雪俐聯想到博物館裡史前生物的生痕化石，但她不敢觸碰，難以想像安琦在物理治療室裡踏出每一步時，是什麼樣的感受。

過了一會，安琦提了一個保溫袋走出來，兩個微波加熱盒各裝了一份紅燒牛腩配白飯，那是安琦的拿手菜，聖堯每次吃總會多扒上一碗。

「飯少的那盒是妳的，沒給妳撈紅蘿蔔，只有馬鈴薯跟牛肉。」

「噢，妳真懂我。」

安琦笑了，雪俐瞧見戴口罩的她，眼角周圍拉出淡淡的魚尾紋。雪俐將保溫袋也一起放進紙箱裡，接著背上行李，雙手抱起紙箱。

「這樣會不會太重？還是我幫妳？」

「不用啦，我就停在前面巷口，很近。」

「妳應該停過來門口的。」安琦輕拍了拍她的手臂。

「我可以啦，不用送了，快進屋去。」她說。

安琦為她打開柵門，在道別之前，她告訴安琦，說等疫情結束，找一天聚餐，叫小竣當大廚，煮給大家一起吃。

冷風撲面而來，雪俐走回停車處，在路燈下將紙箱與行李放進後座。她在紙箱旁，看見自己買的那盒草莓，和安琪買的那盒一樣，透明塑膠盒裝，正靜靜躺在後座椅墊上。

她拿起那盒草莓，也一同放進紙箱，然後遲疑了一下，把安琪的那盒拿出來。

她坐上後座，輕輕打開那盒草莓，從中拎起最肥豔欲滴的一顆，拉下口罩，一口吃進。清香中，一股酸味通過舌尖味蕾直衝腦門，即使淡薄甜味隨之而來，她仍忍不住皺起眉，想著，要是此刻有煉乳就好了。

離開前她發訊息給聖堯，說自己正要從他家出發。車子駛上交流道，她聽見托特包裡傳來手機訊息提示音，想是聖堯傳來了「OK」的表情貼圖。

聖堯被隔離的這幾天，她曾想過要去旅館，帶點小吃飲料去探望他，或是在訊息裡慰問一下，不過，她也只是在腦袋裡想，到最後什麼都沒做，畢竟機場的事是這麼忙——

或許，當她抵達旅館，將紙箱與行李送進去後，她會站在樓下等，直到聖堯拉開窗戶，他們向彼此揮手。那時她，或者他，將會有一個人打視訊電話給安琪，讓安琪一同參與今晚任務達成的時刻，像一種紀念那樣。

又或是，她會先回到車裡，打電話給聖堯，兩位老同事隔空進行雲端晚餐，好好敘舊更新近況，離開前她會發訊息跟安琦說，她的紅燒牛腩飯依舊是這麼美味。

雪俐一邊開車，一邊想像等會可能發生的情景，接著又想起剛剛在安琦家，她提了之後聚餐的事，安琦有表示什麼嗎？她想不起來，感覺自己愈來愈常這樣，發生的事距離現在愈近，反而愈不容易記住。

倒是那些久遠的往事，像一盞盞公路路燈照進車窗時，隨著車身移動，在雪俐臉上浮現、掠過又再次淡出的影子。

復健後的下午，陽光隱於灰白雲間，公園裡的嬉鬧聲與空氣中一股淡淡的泥土味，雪俐仍記得安琦說話時的神情，彷彿距離出院那時已是很遠很遠的事。

當年出院後，安琦沒有出席醫護人員的聯合公祭，只因她不敢，怕在靈堂那一排牌位裡，又看見自己認識的同業。後來，市政府成立委員會，舉辦紀念活動，讓康復的倖存者齊聚一堂。安琦領到一份獎狀，被長官們加冕為「抗煞英雄」。

有時她會想，她到底真正對抗了什麼？她不明白為什麼自己的存活，需要受到這些人的肯定表揚。想起那些被指責為逃兵，或被封鎖在醫院裡病死的同事們，她寧可不要成為英雄。

安琦也曾想過，不如就加入病友會，和國內那兩百七十位處境相同的人們一起向上爭取疫後照護經費，像把心中的苦與恨化為力量，救自己也救其他人——可是她恨嗎？若真要恨，該如何恨一場突如其來的瘟疫？該如何向一隻小得肉眼看不見的病毒，去索討自己失去的人生——她想到自己的工作，不是沒有恨，只是無盡的付出與疲憊大過一切。

「但聖堯一直都陪著妳，不是嗎？」

那天下午，她這樣對安琦說，同時也想起了自己的前夫。

前夫是醫師，曾和她在同一間醫院裡工作。SARS結束那年，她如夢初醒般，主動提了離婚。等到即將上小學的孩子們都睡了，那個夜晚，他們對坐在餐桌前，協議書裡分別簽下自己的名字。她問他有想對她說什麼嗎，前夫想了一下，說，我覺得妳很自私。

自私？他指的是什麼意思？當她想進一步問，前夫又繼續說，但我想我也是。

對雪俐來說，那場瘟疫不單單僅是一場災難，而是一面鏡子，照見過往他們不願直視的一切，但最終總要有人看見，有人要承認其中的倒影並不如想像中的完美。

他們在分開後仍保持聯繫一段時間，直到孩子們升上高中，她不再主動聯絡對方，不過問任何消息，讓孩子自己決定怎麼跟父親相處，就連後來聽到他再婚，她也只是點點頭，沒表示任何想法。

銀色豐田在公路上繼續向前行駛，雪俐調降電台廣播的音量。

現在想想，那時她怎麼會對安琦說那樣的話？彷彿她自以為多了解他們夫妻倆。她不知道安琦聽了之後是怎麼想，但那時，安琦的雙眼微微發紅，看起來就像瞪視著前方，說：「是啊，我只是有時候控制不了自己。」

記得某次送安琦回去，安琦邀請她來家裡坐坐，她瞥見茶几抽屜裡用喜餅紙盒裝的那一大疊白色藥袋。醫師告訴安琦，那些失眠、憂鬱、恐慌與焦慮的情況，也都是疫病造成的後遺症，必須持續吃藥，定期追蹤回診才行。

那時安琦想復出工作，可吃了藥，她只能躺在床上，望著聖堯出門上班的背影，心思隨著窗外日光偏移——過去，她從基層一路往醫學中心的專科護理師邁進，寄望能在臨床研究有所成就，可現在她只剩下這副孱弱身體。她已經可以預見，在接下來的數年，健康的聖堯會因檢驗防疫有功，從組長一路晉升至檢驗科主任，他會進修拿到學位，參選公會理事，在演講中激昂陳詞：讓我們一起努力提升醫檢師的地位與薪水；而生病的她，只能在社區診所負責收掛號費，在檢驗科櫃檯兼職幫病人抽血——發覺那場瘟疫就像是分生實驗室裡的電泳槽，將他們原本融混合一的人生往正負兩極分離。

她回望不斷奔向正極的丈夫，感覺他的背影離她愈來愈遠。安琪不自覺擦拭眼角，奇怪，這點小事為什麼需要流淚？

他們的臥室進入冰夜，安琪的狀況時好時壞，工作斷斷續續，請假愈趨頻繁，到最後索性離開醫院，待在家裡。

聖堯嘗試拉開窗簾，要她看看外面的世界，該想辦法讓自己站起來，放下關於自我的苦難。但那些話猶如陽光刺眼，她裹上棉被以免遭到灼身，心想他怎能要她忘記這一切——

這一切指的不只是她，還包括湯湯，他們曾有過的孩子。

一次復健結束，安琪坐在副駕駛座，頭倚著窗，話語間輕輕帶過，SARS那年不只她染疫，五歲的湯湯如果能活下來，小竣和茉茉就有了玩伴。

這個當媽媽的還真幸福，以後就叫兒子煮給妳吃。

雪俐握著方向盤，彷彿又聽見安琪在耳邊這麼說。或許是自那時起，雪俐才提議要不要帶著孩子，和他們一起出遊，甚至去山上露營。

因為疫病，安琪的身體無法再受孕，於是她把對湯湯的愛，全投注在雪俐的孩子身上——做點心、買玩具、出門逛逛——孩子們小時候經常問雪俐，我們什麼時候可以去琦琦阿姨家。

那段時間，雪俐業績突出，變得更加忙碌，比較少見到他們夫妻倆，但每次聚餐，總隱隱感覺到他們之間發散緊繃的氣息。

雪俐不禁想像，在她看不見的日常相處裡，安琦是怎麼在對話裡，用淡漠的語氣，隨處輕插上一句，又一句，質疑聖堯埋首於工作的動機，嫉妒他這些年來的成就，嘲諷他巴結長官時受到屈辱，但聖堯聽不見話語背後的心緒，只想著要解決眼下的問題，他眼裡布滿血絲，幾乎像跪著般在床邊問她：「妳到底還想要我怎麼樣？」

最終裝上一對人工髖關節的安琦坐在床上，面無表情地說：「我不知道。」

那時，她是真的沒有察覺安琦的異狀嗎？還是她只認為那是別人的家務事，外人不好插手，所以選擇泯除自己的感覺，專注於自身工作？

幾個月後的冬夜，如果雪俐沒有接到安琦的那通電話，也許她就在家跟孩子們一起睡了，而正參加忘年會的聖堯也永遠不會衝出餐廳，頂著一張不知是酒醉，還是因狂奔而氣喘吁吁的紅臉趕來急診。

洗胃手術結束，他們來到病床邊，見床上的安琦夢囈著兒子的名，意識仍處低迷。

聖堯緊緊握住安琦的手，但霎時間，安琦把床邊的他們，錯認成當年為她注射類固醇的醫師與護理師，她吃力地想掙脫，乾涸的聲音不斷問著：為什麼，為什麼要救我——

雪俐撇過頭去，不敢看向安琦，她藉故退出現場，逃進院內附設的便利商店，逛著一圈又一圈，最後帶走了兩瓶礦泉水。

大廳昏暗，聖堯坐在批價櫃檯前的座位區，摀著臉，手裡握著剛摘下的金邊眼鏡，沒有聲音。雪俐走到他身邊坐下，把其中一瓶水遞給他。

聖堯的「謝謝」說得很輕，裡頭包裹著疲憊，或許還有羞恥與懊悔。扭開瓶蓋的瞬間，他驚慌發現自己開始鼻酸，於是猛灌礦泉水，想把即將奪眶而出的什麼一口一口吞回，嘴裡彷彿瀰漫一股鹹味。

那樣的沉默過了好一段時間，聖堯才開口，問她是怎麼來的，需不需要叫車送她回去？雪俐說不用，她車子就停在醫院附設的停車場。

「那我陪妳走過去吧。」他說。

「我自己可以。回去好好照顧安琦。」她回答，像下達指令。

那天夜晚，雪俐回到家時，孩子們都已經睡了，她卻異常清醒，衣服也沒換，一個人坐在客廳沙發，盯著電視螢幕中漆黑的人影。

她厭惡自己，都到了這種時刻，為何如今在她腦中纏繞不斷的影像，不是躺在病床上的安琦，而是聖堯坐在大廳裡，那副她從未見過的脆弱模樣。

她和聖堯認識這麼多年，看著彼此在各自的領域裡持續成長。她對他向來保持友好距離，只把欣賞放在公事裡。

他們一直以來，不就是一起拓展事業的好夥伴嗎？

可是現在，她感覺一條看不見的繩索纏縛在喉頭，使她無法開口說謊。

半年又過去，聖堯陪著安琦接受治療，她奇蹟似地慢慢恢復精神，重新回到抽血櫃檯上班，愈來愈少在雪俐面前提及過往，彷彿是她真正放下了那樣。而醫院裡的那一夜，永遠留在他們心中，成為不再輕易談論的話題。

一切看似回歸秩序，就像此刻他們所有人圍著安琦家的餐桌，吃著那一鍋紅燒牛腩，聽孩子們分享高中的生活。

雪俐看著安琦專注聆聽的側臉，明白自己與安琦之間多了一層看不見的隔離，將不再像過往親密，卻在與聖堯視線交會時，有了無須言語的默契。

升上業務部經理後，雪俐待在辦公室的時間變得更長。若是有機會去文山醫院一趟，她會與聖堯單獨共進午餐。

他們之間，似乎因為安琦那一夜的經歷而對彼此有了全新的認識，當中或許參雜某種互相吸引，卻從未明目張膽的調情，而是透過比以往更漫無邊際的閒扯與調侃，用以彰顯那是某種深層的夥伴情誼——即使雪俐在過程中總是這樣說服自己。

有一年，她去舊金山出差，代表公司參加當地的生技展，而聖堯正好也去那裡參加醫學研討會，兩人行程重疊一天，住的飯店相隔一條街。

那天傍晚，他們約在飯店附近的碼頭碰面，一起吃了頓豐盛的海鮮大餐。七月舊金山的夜晚只有十一度，幾乎像是台灣的冬天，原本想四處走走逛逛的他們遂作罷，回到聖堯下榻的飯店酒吧續攤。

他們聊得比平常起勁，笑得更開心，聖堯似乎喝多了，在悠緩的爵士鋼琴背景音樂中，他突然話鋒一轉，像個懺悔者向雪俐告解：

無論他再怎麼努力，他的人生永遠存在著兩個無法彌補的夜晚——其中一個雪俐知道，是安琦吞藥的那天；另一個他不曾告訴過任何人，是關於湯湯，他的兒子。

當年是他提議的，將五歲的湯湯送去住在郊外的母親家照顧，以免被在疫區工作的他們傳染。十幾年來，他反覆夢見兒子背著黃色小背包，站在那扇生鏽的紅漆鐵柵門背後，那張小臉哭喊著：爸爸——爸爸——像是責備他怎能遺棄他。

聖堯經常會想，如果當時他心軟，打開門把他載回家，湯湯說不定能活下來。事發至今，他從不與安琦討論兒子的事，埋首於工作是為了遺忘，因為一旦在安琦面前說出口，他努力撐起的一切就會在轉瞬間化為烏有。

玻璃杯在手中晃了晃，裡頭的威士忌閃爍著琥珀般的光澤。聖堯抬起頭，見雪俐舉杯，他們喝下這一晚的最後一口。

起身時，他腳步蹣跚不穩，雪俐忍不住笑他酒量差，決定送他回房。他倆乘坐電梯一路上升，走在廊上那條棗紅羊毛地毯，像過往那樣互相調笑，直到抵達他的房間門口。

雪俐展開雙臂，想在離開前給他一個擁抱，像安慰。但當對方的體溫傳遞到她身上，她後來才明白，那時她並不是在給，而是求。

他們緊緊相擁，一起走進聖堯的房間，在往後的歲月，背著安琦逃離台北，在新加坡，馬來西亞，泰國，足跡遍布國外每個角落，用公事恰巧重疊的那幾天幽會——

不過這些只能存在於雪俐的想像之中。

事實是那天晚上，他們緊緊抱住對方，在肌膚相觸的秒數即將衝破那道防線之前，她鬆開手，聖堯也後退一小步，禮貌而體貼地對彼此說聲「晚安」。雪俐一個人回到飯店的雙人床，聽隔壁房間浴室裡傳來的水聲流淌整片地板。

輪胎連續壓過好幾個公路路面的貓眼，引起車子一陣不小的震動，將雪俐拉回現實，發現自己正逐漸偏離車道。

她握緊方向盤，根據導航系統的指示駛下外環交流道。銀色豐田沿著主要幹道前進，這裡鄰近機場與工業區，光線不及市區明亮，或許是這季節的緣故，道路兩旁的大片農地似乎都透著一股霧氣般的荒涼。

舊金山的那一夜，當他們擁抱的時候，聖堯的心裡在想什麼？

說雪俐心底沒有想過這個問題，是騙人的，但那答案她永遠不會知道，也不想知道。回台灣後，他們很有默契，一起忘了舊金山，在安琦面前絕口不提。

不過就是在國外工作中相遇，喝了杯酒，講講心事而已，這樣有什麼好心虛？她問自己，卻也對此支吾其詞。

她分不清那時，是她正值職涯顛峰，工作愈發繁忙，於是決定讓下屬全權接管文山區的業務，還是自己有意識地拉開距離，與他們夫妻倆的見面次數漸漸減少。沒有人提出疑惑，或者意圖改變什麼，曾經的交集都在那之後自然而然走向岔口，那是下意識地深知，每個人都有自己的生活。

每逢節慶，她和安琦仍會在社群軟體裡互相問候，有時出席活動場合遇見聖堯，他們會走向彼此，簡單交換近況，並在對話結束前，說著「改天再約」，卻從未真正見面。

她一邊開車，一邊想，這麼多年過去，所有的記憶與感受隨著時間不斷被拉長，擠壓，最終輾成一條平坦的鄉間柏油路，而她只是在黑夜中安靜駛過。

從未想到，如今和他們夫妻倆再一次相見，又是在一場瘟疫中。

防疫旅館就在前方，幾盞燈打亮灰褐建築的牆面，方形窗戶像馬賽克，明明滅滅，鑲嵌其上。她知道聖堯住在六樓的房間，不確定是哪一扇窗，但想像他就站在其中一面，注視著底下一輛正緩緩開進側門停車場的銀色豐田。

雪俐戴好口罩，下車，到後座背起行李，抱著那一箱食物，來到旅館門口。或許是到了晚餐時段，這裡聚集著外送員、計程車司機、拖著行李的旅客，還有像雪俐這樣來運送物資的親友。

她遵循指示，噴灑酒精，用旅館提供的筆與標籤紙，在行李與紙箱上標註好房號，交付給工作人員，目送身穿隔離衣的他們推著推車，將物資一批批運進大廳裡。

回到停車場，她拿出手機，打開通訊軟體，要向聖堯發訊息，但打了一行字，又刪除尚未發送的訊息，想了一會，她按下通話鍵。

「喂——你到了喔？」電話那頭，聖堯似乎吸了吸鼻子。

「對啊，我剛到。東西都送上去了。剛才路上有些塞車，你應該已經餓了吧？」

「還好啦。」

「主任，這幾天放假很開心齁。」

「當然開心啊，就是一直看電腦，看手機，看電視，才關五天我就已經快受不了。」接著是一陣苦笑，聖堯繼續說。

「謝謝啦，還麻煩妳這一趟。妳也還沒吃吧？」

「嗯。還沒。安琪也給我帶了一份便當，等等去機場那邊再吃。」

她輕倚在車門邊，聽見又一輛車駛過，猶豫著要不要跟他說草莓的事。

「雪俐，機場的事我很抱歉，給妳搞這一齣，」聖堯彷彿自言自語，「真不知要持續到什麼時候——這幾天我有繼續在我們科內徵人，之後應該會有……有人報——」

他突然咳起來，聲音愈來愈大，接近嘔吐，聽得她有些緊張。

「欸，你還好嗎？」

「沒事啦，有人報名再跟妳……」又是一陣咳嗽。

「吳聖堯，你該不會——」

「呸呸呸，不要亂講，今天早上驗都沒事，也沒燒啊……」說完，他短暫沉默，似乎在思考什麼，語氣也變得不太肯定起來，「這樣講，下午的時候——好啦，我等等再驗一下。」

「對啦，去驗一下比較保險。我有放幾盒快篩給你。」雪俐頓了一下，「那個紙箱——」

「嗯？」

「喔不是啦，我今天才在跟安琪講，我們好像很久沒一起吃飯了，等這一波疫情過去，我兒子女兒回來，再來約一下。」

「好啊。」

「那先這樣吧。時間差不多了。」

她掛上電話，坐進車裡。便當盒陣陣溢出的肉香，使她感覺胃一陣收縮，肚內彷若傳來蛙鳴。

方才下車時，她終究是把那兩盒草莓都一起裝進了紙箱裡。

看起來都是安琦準備的不好嗎？是誰準備的、這有多巧合根本不值得一提，說出來又是想表示什麼呢？她明白這個道理，只是剛剛，她仍對自己瞬息的心眼感到訝異，都過了這麼久，她竟然還是放不下。

那天在旅館房間門口，她其實是有機會的，只要她夠為自己想，但她沒那麼做，是因為她早已預見那未來——

就算和聖堯真的在一起，離開台北無論逃得有多遠，每當雙唇相接，安琦的身影就像是一縷幽魂，在她心裡的角落徘徊不去。

幽魂無須發言，祂們身後迤著一條病毒留下的長長影跡，用那雙黑色的眼睛永遠凝視她的記憶深處，在往後的生活裡種下不安。即使她和聖堯能在馬路上，在捷運，在機場，在任何公共場合毫無畏懼地牽起手，努力向前邁步，也會時不時警戒，壓緊口罩，回頭查看，是誰在附近竊聲細語，是誰在他們的耳畔呼出一陣陰冷的風……

飢餓感不斷上湧，雪俐徹底放棄先開車到機場再吃晚餐的念頭。

她坐在駕駛座，發了訊息，跟安琦說東西都送到了，接著打開安琦為她準備的那盒便當——少了一半的白米飯，沒有紅蘿蔔，滿滿的馬鈴薯與燉牛腩——她低下頭，忍不住笑，笑聲聽起來像嘆息，安琦是這麼理解她想要的是什麼。

張口進食之前，她脫下口罩，頓時發現口罩內裡兩片豆沙色的薄唇印，在此刻，竟像是快篩試劑上確診的標記。

維納斯的手

再不下雨，一切就要見底了。明明已是盛夏，城市卻乾燥得很，空氣中一滴水分也沒有。從二樓往下望，巷子口的柏油路面彷彿也受不了高溫，竟裂出一條長長的縫，直通社區中心的公共水塔前。水塔拔地而起，數支混凝土柱托起一個碩大的杯狀結構，在夕陽中變成一道搖搖欲墜的剪影。

施若芬站在欄杆邊，望著那座水塔，如今裡頭乾涸一片，什麼也沒有剩了吧，她想。

二樓長廊上，鄰居們堆放的雜物全都暈著一股金黃色的毛邊，就連植物也是。她抱起腳邊的那盆薄荷盆栽，是幫振維辦離職的那天，在工廠旁邊的園地偷偷帶回來的。當初勃挺的一叢，現在只剩疲軟的莖倚在盆緣。她的手輕輕搓揉鋸齒狀的葉，葉子上的細毛滑過指紋溝槽，有些刺癢的感覺。放到鼻下一聞，像是提取記憶，味道淡得她都快忘了。

阿滿姊說過，枯掉的部分要全部剪光，不能留。若芬舉起修枝剪，一盆枯黃糾結三兩下就成了光禿一片，撥去枯葉碎屑，被截去的莖一根根像牙籤立在土壤表面。

一半，阿滿姊強調，臉盆裡只能放一半的水，不然根會爛掉喔。她小心翼翼地把盆栽放進臉盆，接著整個移到陽光曬不進來的長廊內側，她的家門口。

接下來就只能等，阿滿姊說，等它自己活。

若芬拍落手中泥屑，袖子口抹了抹汗，她走進屋內客廳，見振維穿著白汗衫坐在木質沙發，一雙大毛腿靠在茶几上，左腳抵住火柴盒，右腳趾夾了根火柴棒，小心翼翼朝彼此靠攏。火柴棒扶搖舉起，緩緩靠近磷紙邊，憋氣，然後一刷——火柴棒用力過猛，盒子被推到茶几底下看不見的地方。

振維罵了聲髒話，見到若芬便一臉笑嘻嘻地解釋，只是想練習一下。

是想把這裡給燒了嗎？若芬揶揄他，在他與茶几之間趴下，從沙發底下撈出火柴盒。

火柴一劃，振維的菸急切地伸進她的火裡，待菸頭燒紅，也不管若芬還站在面前，就對著她的臉吐出一大口白濁的煙。

愛抽去外面抽啦。若芬揮開煙，邊念邊走進廚房。她打開冰箱，又探頭往客廳的方向一瞪，振維才懶懶地從沙發上站起來，推開門走去外面。

電鍋跳起來，飯已經好了。大把青江菜撒進炒鍋，加水，然後蓋上鍋蓋燜。等的時候，她發現爐火上方的牆壁已沾上了一層薄薄的油垢，想起自從振維出事之後，他們搬來這裡也超過一年半了。

細數這段日子，若芬訝異於人心的韌性，她很少有難過的時候。住院手術、搬家、找輔具、到醫院上班這些決定，像出於一種面對危急情況產生的本能，沒多想也沒討論就直接做了。現在振維復原得不錯，不需要她在一旁跟進跟出照料。也許，最難熬的階段已經過了，一切會愈來愈好的，她想。

吃飯時，她還是會忍不住幫振維夾菜。振維總嚷著要自己練習，有時幫忙他還會生氣。在醫院，他戲稱自己是位船長，還為自己取了個「雙鉤維克」的稱號。

只見維克船長一把鉤子扶著碗，另一把舉起湯匙，就在熱湯裡划了起來。他手腕微微一轉，鉤子分成兩爪，鬆開銀槳，換成標槍，對準目標，前臂一張一縮，叉子叉向盤裡一塊九層塔炒蛋，炒蛋滑了下來，換個角度，再來，那一塊反倒裂開。如此反反覆覆。

若芬夾起一口飯送進嘴裡，嚼著電視裡的新聞報導，心底猶豫到底該不該幫——盤子裡的炒蛋變得更碎了。

正當她決定伸出筷子，叉子卻突然落地，發出清脆的聲響。弄這樣是要怎麼吃？振維倏地站起，掙脫身上的義肢背帶與護套，坐回客廳的木質沙發上，殘肢搓揉著另一個殘肢，臉皺成一團。

若芬瞅了他一眼，對她來說，這已是家常便飯。大概又開始痛了吧。她暗忖。她沒辦法體會那種突如其來，一開始是癢，接著陣陣如蟲蟻般囓咬的灼熱痛感，但她至少可以承受，承受為此痛苦的人發出的怒吼。於是她默默拾起地上的義肢，沒事一樣繼續吃飯喝湯，收拾碗筷進廚房，留下一碗盛滿的飯菜。反正餓了就會吃了。

有時候，她會想念以前的振維。即便在受傷之後，男人表現得和以前沒什麼兩樣，但她明白，當他在治療室裡，第一次成功用鉤子手夾起一顆乒乓球，滿頭大汗的他興奮揮舞義肢，鉤子下的暗影遂也伺機成形。

她不確定振維是真的好了，不管就哪方面來說。反正他沒說，她也不問。看起來是她尊重他，給予對方時間與自由——事實是，他從不說，她也不敢問。因為她怕。怕什麼？怕傷對方自尊？怕喚起夢魘？還是怕一旦說破，他們之間也會有什麼跟著一起被戳破？她寧可注視拆線之後截肢表面剩下來那個小小的洞，相信洞會被肉填滿，振維已經痊癒了。

阿芬。阿芬。振維在浴室裡喚她，忘記拿內褲了。

衣服晾到一半，她擦擦手，走進臥室，衣櫃裡抽了一條深藍四角，敲門。浴室門開，振維搖搖頭說，要黑色的那件。她白了他一眼，幫你拿了還嫌。她回去，換了黑色那件，掛在浴室門邊伸出來的殘肢上，此時振維又像個孩子般咧嘴一笑，說了聲謝謝。

晾完衣服，她提著洗衣籃經過飯廳，見振維只穿了條內褲就坐在椅子上吃飯。她把臥室的門打開，坐在梳妝台前一面搽起化妝水，一面從鏡子裡欣賞正在吃飯的男人。

年近四十的男人，這段時間說沒變胖是騙人的，但工廠粗活長年下來的累積，寬肩，厚胸，上臂的線條依舊隱約可見。她視線別開下臂，看臀部與粗粗的毛腿，這副身體她依然渴望。

若真的要說意外之後，兩人之間有什麼變化，就是他們已經沒有性生活。

先前還能以生活忙亂安慰自我，但現在似乎沒有任何理由。

換上睡衣，若芬在房間門口躊躇了一會兒，走出去看，振維已經吃完，電視正開著。她試探地問，要睡了嗎？振維坐在飯廳的椅子上蹺著二郎腿，看也不看她一眼，說等等吃完藥就去睡。

她自討沒趣，正要走回房間——阿芬。振維叫住她。

她腳步放軟，耳朵尖了起來。

我的肌肉鬆弛劑放在哪？振維問。她沒好氣地指了方向，便轉身閃進臥房。

她躺上床，頭頂上的窗簾被電風扇吹得陣陣飄。睡意逐漸侵襲意志，眼前小夜燈的黃光，彷彿讓她又回到那個坐在車上，一盞盞路燈在車窗邊不斷閃逝的夜晚。

那時正值過年前的冬夜，晚上九點，振維還在工廠加班。她蹲在浴室洗刷內衣褲，一雙手被凍得發白。

電話鈴聲乍響，她匆忙接起電話，下一秒，計程車抵達工廠。她看見救護車停在工廠外頭，幾位身穿螢光背心的人抬著一床擔架走出來，哀號聲在人群腳步間低頭穿梭，她在邊緣一路跟著，想湊上前，卻有種自己在看電視新聞的錯覺。

阿芬——辦公室阿姨最先發現她，涕淚橫流抱著她哭，唉，也不知道怎麼搞的，好好的沖床怎麼會這樣呢？那個手啊，醫生說救不回來，只好切了。唉呦，可憐了，趕快上車，快，快陪他去。

那，那手呢？她問。

一團混亂中，她不斷回頭，想在晦暗的工廠地板上找到血跡，或角落那台出事的機器，卻轉眼間被推上了救護車。

請問是傷患的家屬嗎？螢光背心人問。她點點頭。

車子發動。後門的小窗裡，工廠變得愈來愈小，縮成黑暗中的一顆光點。她擠坐在窗邊，握著擔架橫桿，新泌的手汗混合未沖乾淨的殘留皂水，感覺一片滑膩。螢光背心反射外頭街燈，時不時在車內的每張臉上閃爍，振維緊閉雙眼，纏滿通紅紗布的下臂舉在胸前。

直到最後，她始終沒看到機台上那雙被輾壓變形的手。

夜裡，男人翻身，面對著她。她伸出五指，輕柔地包覆男人的殘肢，男人悶哼一聲，她想像這是牽手，他們還能牽手。她從未想過振維會失去雙手，以至於現在光禿的殘肢擺在眼前，不管怎麼回想，她已無法勾勒出腕骨以下，那對手掌究竟是什麼模樣。

她開始搜尋，像一台鑑識比對儀器，在生活中的每個角落，尋找記憶中遺失的振維的手。

早上的印象到現在還很鮮明，她搭的那班公車，一對年輕情侶站在她的座位旁，男的瘦高如竹竿，略顯豐腴的女伴則偎在他的胸膛，嘰嘰喳喳正講著電話。

指節根部膨大，手指修長，指甲平整卻略微泛黃。關鍵字一一圈選，她默默分析那位竹竿男的手。竹竿男一手越過公車拉環，搆住上方欄杆，另一手雖護著女伴卻也沒閒著，先是順了順女伴的鮑伯頭，接著移到對方髮下，虎口張開，輕輕捏按起後頸上的一小塊肉，讓她想起路邊曾看過，公貓交配前，會咬住母貓後頸的畫面。

又一批人上車，公車裡變得更擠，女伴整個人埋進竹竿男的懷裡。在乘客隙縫間，她瞥見竹竿男那隻修長大手摟住女伴的腰，手指不時在腰背上敲著節拍，像一種遊戲，一種編碼密語。手指向下游移，在臀部靠近大腿內側的地方，開始畫起小小的圓，一圈又一圈，她幾乎可以想像指頭按壓在肌膚上的力道與觸感，發現自己和那個女伴一樣，全身肌肉不由自主地緊繃起來。

她忍不住別過頭，見跑馬燈條顯示目的地即將到站，她按了下車鈴，逃出公車。

八月的熱氣撲面而來，不對，不是熱氣，臉上的熱顯然來自於自己。她掐了掐臉，逕自走向醫院。

漸漸地，觀察這些手與它們的語言，成為她生活中祕密的小樂趣。

電梯門一如往常打開，她繞過護理站，一群與她相同的灰綠條紋制服已聚集在休息室外的走廊。她混進人群，督導正在宣布事情，站在一旁的阿滿姊偷偷問她，怎麼那麼晚？路上塞車了，她低聲回答。

眾人開始交班，清點工作包，交付行動公務機。當初為了就近照顧振維，她找了份工作在醫院，當傳送員。沒想到公務機的線上任務總是源源不絕，她攜著檢體文件，或是推病床，整日在各個樓層地道診間不停地走。好在當時阿滿姊願意幫忙，她才能抽出一點空檔去病房看看振維。

中午休息的時候，阿滿姊問她，盆栽呢？有沒有按照她說的去做。她說有。阿滿姊再次叮囑，薄荷不要曬到太陽，知道嗎？她點點頭。

她們並肩坐在走廊旁邊的塑膠椅上，眼前一位拖著點滴的病人緩慢前進。欸，阿滿姊突然壓低聲音，啊妳家老公咧？上次不是說要跟他講，後來有沒有成？

姊啊，妳在講哪個？她歪頭裝傻。

就「那個」啊！當恁祖媽在黑白亂講？阿滿姊大笑，用那粗糙、充滿皺褶的右手拍了拍她的大腿。

她有些不好意思地笑，搖了搖頭。阿滿姊嘆了口氣，說男人愈到中年，該硬的不硬，就只剩那張嘴翹得老高而已，受傷的男人更是如此。妳看看，沒有一雙手，多麼可憐。接著又感嘆以他們的年紀還有機會，為什麼不多生個孩子來抱抱？

公務機突然發出震動，阿滿姊中氣十足地接起電話，起身離開，回頭向她招招手，消失在走廊盡頭。

她一個人坐在原位，記住阿滿姊說的，有時女人要主動一點。

傍晚下班後，隨著公車回到社區，她將懷裡的手提粉色紙袋摺好收進包包，晚上想給振維一點驚喜。

行進巷子口，經過裂開的柏油路面，她心想那條縫是不是裂得更開了，又比昨天還要更靠近水塔底部一點？也許某天回到家她會發現，裂縫成了一條深溝，直直地切割國宅，而水塔早已塌陷在裡面。

穿過一段停滿機車的騎樓，轉進國宅南面，爬上五號樓梯。在這個社區裡，國宅間以各式樓梯空橋相連，剛搬進來的時候，她經常感覺自己像走進一座立體的迷宮，在相似重複的空間裡迷路遊走。

登上二樓長廊，右轉數來第一戶是她家。她沒進家門，反而往第二戶與第三戶中間，攀上另一條狹窄的階梯，來到三樓的空中花園。

說是花園，也只是三樓居民自發性地在家門前空曠的水泥露天平台，擺上各式花木盆栽而已。整排的變葉木與虎尾蘭各據一側，保麗龍箱裡種著自耕蔬菜，花架上的則隨著季節更迭，偶有玫瑰或茶花綻放點綴。再過去幾棵比她還高的雞蛋花叢背後，花園盡頭的一處小空地，那裡採光好，又通風，掛上數條曬衣鏈，就成了住戶們的曬衣場。

走進曬衣場，若芬看見雞蛋花叢旁一位年輕女子蹲著，整理身邊散落的雜物與紙箱。她對這個剃掉側邊的後梳短髮有印象。耳朵穿環，黑衣寬褲，外罩一件墨綠工作背心，配上短軍靴，遠遠看還以為是個男人。

若芬站在曬衣鏈下，確認早上拿出來曬的衣服是不是都乾了，卻在縫隙間偷偷觀察對方。她曾經幾次遇過這個女子，在樓梯間，或夜裡的巷子口，看女子帶著不同的女孩勾肩搭背，狀似親密地走在一起。

而那堆雜物裡，有尊雕像吸引了若芬的注意。

那是一尊白色的斷臂女性雕像，她知道雕像很有名，卻想不起名字。記得電視節目裡的雕像十分高大，只是眼前這尊遠遠目測，似乎略比她矮，材質也不是大理石，反而像某種塑膠製成複製品，光澤卻廉價。

更奇怪的是，本該是斷臂的地方，卻被接上了兩條明顯與臂膀尺寸不合的黑色塑膠假手，手臂一上一下地擺著，讓整尊雕像的姿態頓時變得滑稽起來。

像是感受到若芬的目光般，女子轉過身，看見她正在看雕像，朝她笑了笑。若芬取下衣架，抱著衣物好奇地向對方攀談。女子說她住在四樓，在附近夜市裡賣衣服手飾，最近在整理家當，過兩天就要搬走。

只是這個太舊了，本來想丟掉，女子指了指那尊雕像，有些得意地問她，但妳瞧，放在這裡當裝飾好不好看？

若芬客套地微笑，心裡卻想，要是晚上出來花園裡逛，看見一個白色人影躲在花叢下，肯定會被嚇到。

談話時，她注意到女子擁有一雙極為好看的手。那雙手，介在男人與女人之間。指尖渾圓，透明指甲油底下是健康的粉色甲床，手指雖纖細骨感，掌卻十分厚實，手背上突起的肌腱，與淺淺青筋均勻分布在白皙的皮膚表面，看起來就像一副精緻的青花瓷器。

那在若芬的心裡烙下一個掌印，在很久之後的未來，她會在反覆的記憶中發現，沒有任何一雙手可以取代。

回到家裡，她抱著那團衣服走進臥室。振維坐在梳妝台前，一言不發背對著她，她看見原本收在衣櫃抽屜裡的那些手，全都整齊羅列在他們的雙人床上。

放下衣服，她坐在床邊一一細數。美觀二號，鉤子一號，鉤子二號，鉤子三號，那是他們一起命名的。她還記得美觀一號在搬家時搞丟了，鉤子二號是他們第一次嘗試使用動力裝置的功能性義肢，但尺寸不合，振維現在也很少戴它了。

在漫長的復健治療中，這些義肢不斷重鑄變形，一次比一次還要精準嵌合振維的身體，企圖逼近真實、原始的那一雙手。好像只要裝上去，一切就完整了。

明明好了，為什麼還是會這麼痛？鏡子裡，振維舉著那對光滑的殘肢沮喪地問。醫生告訴他，那種痛不過是一種幻覺，有時大腦需要的只是欺騙。

痛得受不了的時候，振維會戴上美觀二號，那個極度擬真的矽膠假手，和鏡子拉開一段距離，遠遠地看，或是吃下抗焦慮藥，長時間凝視照片裡尚未受傷的自己，用謊言治療看不見的創口，使他的大腦，或是他自己相信，手不曾消失，依舊好端端和他在一起。

但當他脫下義肢睡去，偶爾在夢裡驚醒，冥冥之中，總覺得那一對被輾爛的手掌，如今還躺在工廠裡的某個黑暗角落。

若芬摺著衣服，聽振維的背影說話。她突然拿起一隻鉤子一號，卡通裡虎克船長戴的那種，戳了戳振維的肩膀，振維一回頭，鉤子就戳上了他的臉頰。振維看她，鉤子又戳了戳他的胳肢窩，他的腰，他的背，逗得他開始閃躲，臉上的陰鬱逐漸散去。老派的捉弄依舊有效。

若芬說，之前訂做的電子手已經到了，明天我放假，陪你回醫院試試看好不好。振維點點頭。她伸出手，俏皮地跟振維的美觀二號打勾勾。

晚上，浴室蓮蓬頭溫水細流，她坐在塑膠矮凳，拿著一把小剪刀，兩條大腿張得開開的，對著底下濕亮蜷曲的毛，細細修剪。她翻開內裡，把過長的部分一一修齊，然後滿意地欣賞，心想振維應該會喜歡。

浴巾擦乾身體，啊，她突然暗叫一聲，發現紙袋裡的東西忘記拿進浴室了。她裹上浴巾，小心地旋開浴室喇叭鎖，暗自祈禱振維不要聽到。頭探出浴室，客廳裡電視機還開著。她雙手護著胸前浴巾，躡腳走向臥房。

站在房門邊，她盡可能不發出聲音，將門推開一條細縫，卻看見小夜燈下昏黃的房間裡，振維一個人在床上躺成了大字形，發出穩定而規律的鼾聲。

屏住的氣息頓時洩出，她走進房間，解開浴巾，在酣睡的振維面前換上睡衣。粉色紙袋包裝連拆都沒拆，就被悄悄收進衣櫃抽屜。

翌日一早，振維已經穿戴好美觀二號。那是男人出門習慣的打扮，雖然他有時嫌棄二號不夠透氣，不過走在人群裡，至少感覺自己和其他人沒什麼兩樣。

他們乘著公車，一路搖搖晃晃地抵達醫院，依照預約時間，到復健科報到。

記得手術後剛滿一個月時，振維開始復健。在護理師的指示下，她推著輪椅上的振維，跟著阿滿姊走進電梯，領著他們到裡頭的職能治療中心，一個她從未聽過的所在。

那是一個十分寬敞的空間，有一群人站在木桌前，不斷來回推移桌面上裝有軌道的握把，而另一群人則是排排坐在椅子上，反覆練習起立坐下。這裡把人們再熟悉不過的日常拆分成一區一區，堆疊積木，拼拼圖，或用筷子夾起一顆紅豆，在無盡的重複之中，緩慢建造某處塌陷的自我。後來在醫院工作，她偶爾會偷偷到中心看振維訓練。他總是坐在角落，自己戴上保護束套，繞過背帶，套上鉤子手，跟著治療師的指令，一個人埋頭練習。

治療師和他們打過招呼，廠商派來的輔具師也已經到了。見到振維，他們請他坐下。廠商打開旁邊桌上的長方形紙盒，從裡面抽出了一隻電子手，黑色零件與線圈構成了外露的骨骼、關節與肌腱，看上去就如同真實的手掌結構。

他們圍住振維，輔具師奮力將殘肢塞進義肢套，尺寸似乎是小了點。振維喉頭正鼓動，電子手顫巍巍舉了起來，比鉤子手還重了些。不知為何又開始了，那種針刺般的痛，先是一個點，從殘肢末端，像漣漪陣陣擴散開來。

有人在板夾上做記錄，有人打開手機錄影，大家圍觀，若芬屏息以待，看振維盯著這雙電子手，貌似集中意念，黑色的手指微微彎曲起來，正當她興奮地準備驚呼——

手指抖了幾下，突然卡住，無論振維怎麼用力盯，電子手一動也不動。

輔具師連忙上前，幫振維拆開連接在義肢套上的機械手掌，拿出工具，仔細檢查連結處，按鈕調整設定，再重新裝上。

電子手終於動了起來，他們開始引導振維，練習把桌上的紙杯，移動到另一個地方。若芬鬆了口氣，心想雖然鉤子手也很方便，但電子手能做的事更多，只要熟練了，之後要找工作也更方便了吧。

阿滿姊也來了，站在若芬旁邊問，這個不便宜齁？若芬看著那雙黑色的手，欣慰地點點頭。阿滿姊說，啊妳老公的臉怎麼看起來那麼臭？若芬說，有嗎？看起來還好吧。她們站在一旁開心地閒聊起來。

突然砰的一聲，若芬嚇一跳，回頭看，椅子倒下，振維站了起來，掙脫電子手，像變成另一個人似地罵著，什麼爛東西，叫我拿拿拿，我就是拿不到，痛死我了，這根本就不是我的手！說完他憤怒一甩，把電子手摔到地板上。治療師試著安撫他，振維卻開始在治療中心裡亂吼亂叫起來。

若芬快步上前，心疼地撿起電子手。實在是忍無可忍，這雙手不知讓她辛苦工作了多久，她反倒給了振維一個巴掌，質問他，到底在幹麼？這個這麼貴，要是摔壞了該怎麼辦？

振維額上青筋爆出，嘴角止不住顫抖，臉瞬間成了一片死灰。他轉身就走，任憑若芬在後頭喚也不回。

他們一前一後步出醫院，若芬後悔剛才的衝動，跟緊振維，一路來到公車站牌底下。正午毒辣的太陽把所有事物的影子都壓得扁扁的，公車即將進站，她想上前向振維解釋，但振維冷冷拒絕，他說，又不是妳斷手，妳從來就不能體會我的感受。

公車上人很少，見振維一個人霸占左邊的雙人座，若芬賭氣坐上右邊的。車裡一片安靜，他們看起來就像兩個偶然搭上同班車的陌生男女。

中途，一位看起來和她年紀相仿的母親，牽著一個約四、五歲的小男孩走上公車，坐在她的後面一排。她聽見孩子發出明亮的奶音問，那個叔叔的手為什麼長那樣？母親小聲喝止孩子，噓，叔叔受傷了。講話不要那麼大聲。

她想起阿滿姊曾經問她，為什麼不生個孩子來抱抱？當初他們並沒有特別計畫，想著兩個人在一起也可以過。誰知道意外就像一把刀，把原本相連的全斬成兩半了，包括他們。後來她時常有這種錯覺：兩個人的生活，剩她一個人過，屋簷下只不過多了位蹭飯的室友。

眼眶不知不覺紅了起來，這一年多來，她不斷忍，把自己活成一個無底的容器，承接所有好的壞的，以為那叫韌性，現在看來不過是作踐自己。

她忽然理解，手斷了就是斷了，沒有任何東西能夠取代，因為接合處的裂縫永遠提醒著：你再也無法回到完好如初的時刻。

她何嘗不能體會振維的痛苦，可是振維又知道她經歷了什麼？她吸了吸鼻子，吞回眼淚，望著車窗外心想，如果那年冬天振維沒有發生意外，她就不用去婦產科，那麼現在她也許就是一個孩子的媽了。

但那也是過去了，有些事無須對室友交代，也沒什麼好說。

若芬按了下車鈴，沒看振維一眼，自顧自提前一站下車。振維見了奇怪，也跟在後頭。又是一前一後地走，人行道上，聽見後頭傳來男人的聲音，她偷偷加快腳步，穿越馬路，轉進巷子口。

沒有人在意柏油路上那條長長的裂縫。他們經過停滿機車的騎樓，轉進國宅南面，爬上五號樓梯。旁邊社區的公布欄，公告大大寫著：今晚十二點後，國宅各棟開始實施停水。

站在家門口，她拿出鑰匙打開門，面無表情地說，你先進去吧，我等等要出門買東西，晚點才回來。振維說，我陪妳去吧。她說，沒關係，我自己一個人可以。

她往長廊的另一端走，踏上空橋，進入另一棟國宅。其實也沒什麼東西要買，但此時此刻，她只想逃離那個令人窒息的地方。

她邁開步伐，不停地走，空橋連接長廊，長廊又通往另一處樓梯，她放棄思考，無意識穿越生滿苔綠的長型斑駁魚缸，經過掛滿大小輪胎與一輛腳踏車的鐵花窗。白天的國宅竟如此靜謐，連她的腳步聲也一併消融吞噬了。她感覺自己像個毫無方向的幽魂，不知不覺飄進了三樓的空中花園。

她遊蕩著，看見前方的那一大叢雞蛋花，她走過去，也不知道自己為什麼要走。欸。有人在叫她。若芬左顧右盼。欸，這裡。那人又叫了一聲。她抬起頭，原來是先前在曬衣場遇見的年輕女子，叼著菸，靠在四樓的窗邊。

女子向她搭話，問她缺不缺家具，可以來她家看看，她整理了一些，沒能送出去，打算今晚等垃圾車一起丟。若芬站在花園，望著那張看起來對一切可有可無的笑臉，她答應說好。

她爬上那條狹長陡峭的樓梯，也不知道自己為什麼說好。

上了四樓，不鏽鋼大門已經敞開，女子站在門口，領著她進去屋子。沙發、茶几，還有這些，看妳有沒有想要。對方介紹著。她點點頭，漫不經心環顧四周，幾個紙箱尚未封起，她注意到其中一個，裝著好幾隻塑膠假手模特，有黑有白，一條條手臂全向上伸，彷彿在求救。

她饒富興味地看著假手，想到這些她家裡也有。

這些不行喔。女子闔上紙箱，笑著說，這些是賣手飾要用。

走到酒紅雙人小沙發，指尖滑過表面，是亞麻布料，她坐下來，讓自己陷進去。女子站在窗戶旁，逆光下又點起一根菸，接著走過來，坐在她旁邊的沙發扶手上。

怎麼樣？對方問。

她只是笑笑，視線東躲西藏，故作滿意地點點頭。

不同於振維抽的菸，空氣中瀰漫著一股說不出的淡淡甜味。她有些暈眩，側眼瞄向女子夾菸的手，那雙如同青花瓷器般美麗的手。

有看到喜歡的嗎？

不知道。

想喝點什麼？

不用。

那……妳想做什麼？

有什麼好做？她反問她。

女子看了她一眼，意味深長，聳聳肩，在她面前徐徐吐出一口白濁的煙，那雙手穿越煙塵，伸了過來，將菸頭上燒紅的火星，遞進若芬的眼，像一種邀請。

她從未試過，也多少聽人家說。手懸在半空，欲拒還迎，隱約知道眼前的是什麼。或許，打從她答應說好，踏上階梯的那一刻，她就已經知道。沒什麼好怕，不過就是無聊，她告訴自己。

心跳一拍一拍的，若芬接過香菸，女子的唇就湊了上去。

第一口，滿腔的涼，原來是薄荷香。第二口，她閉上眼，一口一口淺嚐，那味道她都快忘了。那雙青花瓷器般的手開始探索，冰冰的，輕捏她的後頸，接著捧住整個後腦勺。她試著張開嘴，讓對方的舌尖進來，口中卻開始出現澀味，接著是一陣苦，她皺起眉。

對方將她壓上沙發，開始吸吮她的脖子，襯衫上的鈕釦被默默解開，手在她身體表面的每個縫裡遊走。

她仰望天花板，夾菸的右手像旁邊紙箱裡的那些塑膠假手，向上舉著，害怕菸蒂掉落，整個人一動也不動。

菸頭紅紅地燒，白煙在指尖勾連纏繞，若芬彷彿忘了迎面而來的鼻息與唾液沾黏皮膚表面的聲音，這時，竟端倪起自己的手，忍不住想，這雙手，怎麼會這麼醜？

對方動作突然停了下來，看著若芬。

該說什麼？該怎麼說？手裡的菸尷尬地晃了晃，不知所措。兩個人對看了好一陣子，女子像沒事一樣拎起若芬的菸，深深吸了一口，然後在旁邊茶几上大力捻了捻。

對不起，若芬怯怯看著那根熄滅的菸。

女子沒有說話，手不耐煩地朝她揮了揮，示意她快點離開。她迅速穿好襯衫，像趁垃圾車的音樂響起前，把自己包裹收拾好的廢棄物。臨走時，還向屋子裡的主人鞠躬道謝。

天色已暗，她快步下樓，險些摔跤，通過暗幢幢的花園，連個白色雕像的鬼影也沒發現。二樓長廊上，她盯著家門口，想不起剛才在別人家待了多久，也沒想好晚歸的理由。深呼吸，她轉開門鎖，客廳無人，但一股食物的香氣鑽進她的鼻孔。

振維滿身大汗從廚房裡走出來，鉤子手舉著湯勺，見了她，若無其事地問，晚餐吃水餃好不好？

她愣了愣，回說好。

男人轉身進廚房，她悄悄倚在飯桌旁觀望，那個站在流理台前有些慌忙的背影，鍋子裡發出咕嚕嚕的沸騰聲，讓原本的惶躁不安也隨著水氣向上蒸散——她不禁懷疑自己剛剛到底做了什麼。

她走進廚房，想幫忙接手。振維卻說沒事，湯快煮好，要她準備碗筷，等一下就可以開動。這是男人在受傷之後，第一次為她下廚。兩個人面對著面，餐桌上是一整盤外皮殘破軟爛的水餃，湯鍋裡有散著水餃肉餡的青菜蛋花湯，振維清了清嗓，準備開口，那個，我好像忘記——

若芬毫不在意，她夾起一顆肉餡，沾上醬油與蒜頭，津津有味地吃起來。振維見狀，放心地也夾起一顆。她嘴裡還嚼著，又塞了一大顆。振維要她吃慢點，她也不管。滿口水餃的她，眼眶裡逐漸蓄滿淚，接著一滴一滴地掉。振維見了有些著急，問她怎麼了，沒熟嗎？她搖搖頭，口齒不清地說，這蒜頭好辣。振維不再追問，只是抽了兩三張衛生紙給她。

晚餐後，她洗好碗，振維問她，下次復健是什麼時候？下星期二，等電子手修好後。若芬回答。

他們似乎又回到了從前那樣。趁著振維洗澡，她站在衣櫃抽屜前，拿出那個粉色紙袋，心想，終於派上用場了。

臥室門被推開，振維依舊只穿了條內褲就走進來，抬起頭，呆望著床上。

若芬換上新買的性感內衣，黑色蕾絲紗網，笑盈盈注視振維。振維吞了一口口水，緩緩爬上床，像突然意會了什麼，他喃喃自語，難怪，我想說出門買東西怎麼要這麼久。

他們環抱彼此，凝視對方的臉。振維吻了她，她回應著，發覺自己的動作竟變得如此生澀。他們吻著，觸碰著，胡亂褪去內衣褲，迫不及待貼在一起，似乎是太久沒做了，兩個人還抓不到節奏，像少年少女初嚐禁果。

振維伏在她身上，準備進去，卻突然想起什麼，起身下床。

怎麼了？若芬撐起脖子。光溜溜的男人環視房間，接著走出去，不久後，他興沖沖地抱著美觀二號回來，說，總覺得哪裡怪怪的，原來是少了這個。

若芬白了振維一眼，笑了。見振維戴起那雙肉色矽膠假手，就像披上鎧甲的戰士一樣，雄赳赳地。兩個人重新躺好，振維在她外面蹭著，沒等她準備好，就直搗進去。

她小小唉了一聲，但振維似乎沒聽到，就這麼動了起來。期待與現實總是有落差。過程中，她覺得自己變得好乾澀，而且房間怎麼會變得這麼熱。一連換了幾個姿勢，黏上汗液的矽膠觸感令她分心，她閉上眼，忍著摩擦，一邊喘氣一邊回想自己之前都是怎麼叫的。

不管了，她咿咿呀呀嗔叫起來，男人開始衝刺，她也叫得更賣力，活像個花腔女高音，直到男人抱著她一陣抽搐，在那一瞬間，她竟然有一種解脫的感覺。

脫下義肢，男人側躺在身旁問她，舒服嗎？

她拭去男人額上的汗，拉起嘴角，點了點頭。振維鬆了口氣，躺下來，望著天花板，接著轉頭用殘肢輕撫過若芬的頭髮，對她露出滿足的笑容，說，我好累，想先睡了。

若芬伸出五指，握了握振維的殘肢，輕聲說，我去沖個澡，等等就回來。收拾散落的美觀二號，她起身離開床邊。好熱，整個人輕飄飄地走進浴室。

關上門，她打開蓮蓬頭，但沒有任何動靜，一滴水也沒有流出來。

已經是午夜了，她嘆口氣，想起公布欄的停水公告，坐在馬桶上發呆。本以為做完之後，能找回當初那種緊緊相連的感覺，可是現在，她覺得心裡頭空得只剩下一團虛無縹緲的熱氣，就連渴望也不復存在了。

手指無意識地輕撫過下面的毛，她張開大腿，看著那裡短短的毛，就像擺在家門口的那盆薄荷，被截去的莖一根根像牙籤立在土壤表面。

不知道薄荷活過來了沒？她想。

希望明天早上去看的時候，短短的莖開始冒出小芽。

她溫柔地翻開因摩擦過度而有些發紅的內裡，心想，要是真的枯死了，也沒關係。她要撥開土壤，翻動內裡，手指伸進漆黑的甬道，親手種下一顆又一顆種子，讓它們再活一次。手指加快了速度，鼻息開始變得厚重，她感覺溫度持續上升，身體裡的那股熱直竄喉頭，使她忍不住輕輕呻吟起來。

滴答，滴答，她抬起頭，好像有什麼聲響。滴滴答答，滴滴答答，聲音愈發急促。是雨嗎？終於開始下雨了嗎？她走向浴室氣窗，踮起雙腳，眼睛越過窗外，但外頭一片漆黑，什麼也看不見。

她依靠在氣窗下的牆，吐出身體裡最後一口長長的熱氣，想像在這個夜裡，疏疏落落的雨水落在巷子口龜裂的柏油路面，落在乾涸的社區水塔，落在她心愛的薄荷盆栽上。

一切都因此而濕潤起來。

彷彿只要閉上眼就能看見，那些種子快速地自土壤裡抽芽，發葉，向上生長，逐漸長成一大盆濃綠茂盛的薄荷。白熾燈下，手來來回回地撫弄，有風流動，若芬舒服地仰起臉，浴室裡頓時充滿了香草清新的氣息。

誕

昱娟處理這件事並非是第一次，但早上接過那通電話之後，她便有了一種不一樣的感覺，在身體裡形成漣漪，悄悄擴散。關於那漣漪的中心，是一枚打磨過後的月光石，球狀，比小指指甲小一些，透明裡發散著淡藍虹暈，鑲在一條銀製項鍊的基座裡。

據說它的能量有關女性，可以用來祈求懷孕順利。

當她聽見電話那端報出的姓名，無須找出病歷，她立刻想起是她——那位總是佩戴月光石項鍊的女人，曾這樣向她解釋。

那時的昱娟年紀還輕，別說經歷，她甚至未曾思考生育是怎麼回事，也不太了解礦物或能量之類的東西，但當她第一次見到那項鍊，便偷偷注視欣賞，心想，如果人類肉眼就能看見卵子，或許那色澤形狀，也像是一枚打磨過後的月光石。

女人在話筒另一端說，她知道時間快到了，雖然她曾經承諾過，會把冷凍起來的，一一生回家——女人後來陸續生了三個孩子，昱娟看過對方寄來的照片，那些小臉蛋上的笑容讓她的心為之融化——但最後剩下的這兩顆胚胎，她和丈夫討論了很久，在儲放滿十年期限之際，他們決定是放棄了。

放棄的意思是，不再支付冷凍儲藏的費用，將胚胎交由實驗室裡的她們進行銷毀。

她想像女人一手拿著電話，另一手正揉著心口上的那枚月光石。

對方的語氣聽起來很平靜，只是句子與句子之間的停頓很慢，很長，彷彿藉由沉默，一次次說著對不起。

冷凍區位在實驗室的最深處，數十座半身高的蛋形金屬儲存槽聚集成群。一座儲存槽住著四百五十顆胚胎——若這些具備發育雛形的多細胞生物體算得上是「生命」——這裡是五千多個生命的沉睡之地，一年，四年，七年，冬眠中等待，等待母親們準備好的那天到來，重新甦醒。

她旋開儲存槽表面的氣密蓋，一條條儲存筒浸在液態氮，像漂浮在雲端的海。為了防止凍傷，她夠出六號儲存筒，找到月光石女人所屬的編號，抽出兩支冷凍載體，它們細長如螢光棒，末端各承載一顆胚胎。

昱娟帶著那兩顆胚胎，經過實驗室走道上方幾盞昏暗的黃光——這裡並不明亮，有人說胚胎怕光，必須模擬子宮裡幽暗的環境，又或僅是為了降低視覺干擾，能在顯微鏡下看得更清晰——經過一排正在工作的同事，來到自己的操作台前，新人燦燦正等著她。

在銷毀之前，她示範解凍技術，讓這兩顆胚胎成為新人的老師。

負一百九十六度C的胚胎浸泡在三十七度C的解凍液，熟悉的溫度悄悄升提，直到計時器滴滴滴地響起。

昱娟站在燦燦身後，仔細指導對方。顯微鏡下，玻璃管針伸進解凍液，吸取那顆透明小球，再吐出，胚胎在粉色的解凍液中翻滾，沉落，如此反覆，讓皺縮的舒展開來，未來就能以最好的狀態住進子宮——但在燦燦練習技術的此刻，看起來就像是為胚胎做最後一次淨身。

結束收拾的時候，昱娟的動作比平常還要輕柔、慎重，讓這兩顆胚胎靜靜躺在感染性廢棄物垃圾桶。停駐的時間開始流動，當金屬蓋子闔上，她想，胚胎們就能在夜裡仰望星空。

十年一下子就過，有些胚胎早已來到這個世界，有些還停留在最初的時間，在實驗室待得愈久，昱娟愈能明白，每顆胚胎都有自己的命運。

不過有些人並不了解這個說法，或者說，他們不接受，薛醫師就是一個明顯的例子。高跟皮鞋自外頭走廊發出一陣響亮而急促的聲響，從診間一路往實驗室邁進，大抵是又出事了。

本日胚胎培養觀察報告顯示，編號K22的王小姐，發育第五日的胚胎似乎停止活動。

誰可以跟我解釋一下，為什麼會停下來？

連隔離衣與鞋套都忘了換，薛醫師就這麼站在實驗室裡問著，胚胎師們一片沉默。他調閱工作紀錄——負責取卵的是文暄跟葉子，執行受精的是阿如，換培養液的是燦燦——實驗步驟、器材都相同，那剩下的可能就是人員操作，不在實驗室工作的他這樣推測。

燦燦進實驗室不滿一年，自然成了被薛醫師怪罪的對象。他對燦燦說，以後我的case，妳先別參與，我們再來觀察看看。另外，我需要一份報告，好讓我向王小姐有個交代。說完，那雙高跟皮鞋又喀噔喀噔離開了。

燦燦一臉委屈，快哭出來的模樣。大家一邊清理被薛醫師汙染的地板，一邊安慰她，要她別放在心上，那人向來是這樣。

昱娟以前也曾被下令禁止參與薛醫師的取卵手術，只因有她在，他握住器械的手就會發抖。執刀的主角宣達假說，在一旁的配角就要盡可能配合，像跟隨某種信仰——只不過現在早就是無稽之談了，至於後來解除禁令的原因是什麼，竟也沒有任何人記得。

培養箱裡設置縮時攝影機，每十分鐘拍下一張照片，觀察每顆胚胎的發育情形。她找到K22的影像檔，一百二十小時濃縮成短短幾秒，單色調畫面裡，你可以看見一個受精卵先是生出兩顆原核，核再消失，細胞一分為二，二分四，開始扭動，旋轉，鼓脹不定，成串結團，融合，緻密化，重新分層——

工作這麼多年，儘管每天在實驗室，透過顯微鏡反覆研究，她依舊看得入迷。圓形視野裡這小小的一點，對昱娟來說，就像是面對整座宇宙，她所理解的，或許不過是懸浮在太空中的一粒塵埃而已。

回頭檢視王小姐的每份報告，精卵品質評估、受精狀況、胚胎等級，皆符合標準狀態，為什麼胚胎到了這個階段，就選擇停下來呢？

不只是這次，實驗室裡的她們總是反覆問著這個問題。

昱娟查閱過文獻，嘗試修正每個步驟，甚至寫信給專家學者，但最終，她還是找不到答案。想起縮時攝影中胚胎每刻活動的姿態，彷若它們擁有自己的意識，她忍不住想，也許這真的稱得上是一種「選擇」，胚胎自己的選擇。

她告訴燦燦，再等等看，若到了明天，這顆胚胎依舊毫無動靜，那麼就必須做好準備，告訴王小姐，第五次的療程沒有胚胎可以冷凍了。

面對這種狀況，要給出一個使人信服的說法是困難的，昱娟可以理解薛醫師站在第一線的壓力。畢竟，來到這裡的人們，無非是希望借助科學的力量，讓自己看見一點希望，而不是在地下街，聽見算命師們嘆口氣說：其實你命中不適合擁有自己的孩子。

星期五排休，她去恩竹家探望。恩竹剛生完小孩，剪了短髮，像男生頭那樣，聽她模仿薛醫師說話，忍不住笑，說自己要是在現場，肯定又要跟薛醫師吵一架。昱娟想起以前他們吵得可兇，記得恩竹總說，胚胎師也是人啊。

那個妹仔後來還好吧？恩竹指的是燦燦，那位接替她職位的新人。

眼淚擦一擦，還是得工作啊。昱娟說。

好亮。恩竹忍不住瞇起眼，羅傑幫她調整百葉窗的葉片角度。

客廳裡很安靜，午後的光線映照淡粉色的牆。恩竹坐在長沙發，抱著寶寶。寶寶吃完奶，還不想睡，他剛來到這世界滿一個月，什麼都是新的，一雙黑瞳睜得老大。羅傑坐在另一張木椅上，拿出自己畫的繪本，封面是一座山谷，開始讀，那聲音像是一陣風，在眾人間輕輕撫過。

懷孕了四次，這是第一個孩子，恩竹凝視寶寶，夫妻倆還沒想過名字的事，也許是之前不敢想。

她和羅傑什麼都像，不只是五官身形，還一樣喜歡自然跟孩子，害怕鸚鵡，電影對他們來說可有可無。第一次懷孕，他們去醫院檢查，才知道彼此又多了一個共通點——兩人雖然健康，卻都擁有海洋性貧血的基因。

四個月過去，一根細針穿過恩竹隆起的肚皮，醫師告訴他們檢查結果是重度，恩竹知道那是生下來也活不了，夫妻倆沒有掙扎，就簽了手術同意書。

後來再經歷一次，又一次手術。他們不願讓祂們受苦。

每一次決定手術，恩竹總笑著安慰羅傑，說生物學讓她明白，基因就是機率，而她只是想跟上天賭。

第四次懷孕，他們走出診間，手牽著手，一路沉默到停車場，感覺一切不太真實。上車之前，恩竹突然抱住羅傑。他發覺她在顫抖，像一隻迷路很久的貓，於是他緊緊回抱，感覺到自己的衣服像是正被什麼浸濕。

懷孕之後，恩竹身體變得不好，症狀接踵而來，便向實驗室申請留職停薪，好好養胎待產，直到現在，孩子終於平安健康生出來。

恩竹問她要不要抱抱看，昱娟接過寶寶。同樣身為母親，這動作她比恩竹熟練得多。羅傑的朗讀聲仍在耳畔。寶寶看著昱娟，直衝著她笑，那神情不像是一般的嬰兒——她在工作裡看過的嬰兒是這麼多——反而令她想起繪本裡那顆古老的巨石，表面布滿青苔與蕨類，在山谷中靜靜佇立見證，周圍森林的葉子飄落又新生。

很久很久以前，母親告訴過她，這一切不過是因緣，受精卵可不只是一團細胞，裡頭早已住著中陰身。

當一個女人正值排卵，與另一個男人交合，各地的中陰身無論身處幾千里遠的山海，無形無體的它們會有所感應，穿越大氣，圍湧至這對男女的身邊，等待卵與精相遇的瞬間。那瞬間，只有一隻中陰身會發現四周光度一暗，暴雨與濃霧紛至流轉。它站在原地，卻像穿越四季，穿越房屋與森林，對世界，對眼前這對男女生出了愛與憎，轉眼身處肚腹，細胞如凝脂，一層層覆疊上去，逐漸包裹成人。

那時昱娟聽了半信半疑，畢竟，她成天坐在操作台前，在顯微鏡底下製造生命。如今中陰身們是否也來到她的身旁圍觀，等待她用尖底細玻璃針穿刺卵子，將針管中的一隻精子注射進去？

母親對她的疑問沒有回答。

記得外公過世的那一年，她大學剛畢業，母親開始去精舍聽課，參加拜懺法會。她曾陪母親去過那裡，跟著所有人，在法師的唱誦下一次次跪拜，又站起來，反覆循環。那時她還不懂，只覺得信仰讓母親變得軟弱，但母親說，她不是軟弱，是無奈。因為這世界上有很多事無法如願，即使佛經讓她知道要放下，卻很難。

妳年輕的時候也是這樣嗎？她問。母親聽了只是搖搖頭。

某天午後，她坐在抽氣櫃前，像一位玻璃工匠，讓酒精燈將玻璃針管燒得紅軟，再用鑷子拉出一根根不同管徑尺寸的針具時，她回想起一件以為不可能會記得的事。

說是回想，好像也不是，因為當時她根本沒想什麼，只是非常專注於手眼之間的動作。那專注使周圍人聲隱去，就連抽風櫃轟隆的聲音也是，彷彿整間實驗室只剩下她一個人。

當鑷子在空中再次拉出一道透明，彷彿有電閃過，她不確定她是看見，還是感覺，可是在那剎那，她回到黑暗，意識到自己身處在某個居所，雙拳緊握，像躲著什麼。而天空頓時裂開一道大縫，一隻巨手伴隨背景白光刺來，攫住她，將她拉出黑暗之外的世界——

回過神時，她發現口罩被不停泌出的眼淚沾濕了。

剛剛她經歷了什麼？從來沒有這樣過。她仍清晰記得，當她投身進白光，聽見內心有個聲音響起，「不是說好能繼續待在裡面嗎？」像某種重要的承諾被打破，憤怒的聲音，使她的眼淚無法停下來。

她脫下口罩手套，逃進廁所，試圖讓自己冷靜。即使方才的感受如此真實，卻忍不住質疑。或許那只是近期工作壓力太大，一時產出的妄想，她這麼說服自己。

那天下班，她回到租屋處，接到母親的來電，日常閒談依舊，卻不知怎地，在她心裡，竟悄悄長出一層半透明的隔離，像實驗室裡用來密封檢體的石蠟封膜，橫在她與母親之間，使她講不上半句，便匆匆掛斷電話。

她躺在床上，回想過去與母親相處時的種種細節，想從那些眼神與互動裡，尋找一絲可能對應或反駁的證據，但轉而一想，為了這毫無來由的胎兒記憶——她姑且命名這次午後發生的經歷——又不禁覺得可笑。事實上，她們母女間的感情這麼要好，母親一個人辛苦拉拔她長大，怎麼可能會傷害她？

關於這件事，她從未告訴過母親或任何人，在那之後，她再也沒有看見，或想起任何有關出生時的情景，遂漸漸淡忘。

五年後，母親罹患癌症，她搬回家住。白天，她在實驗室裡照料培養皿裡的新生命，到了夜晚，她騎著機車，回到那棟兩層樓的透天厝，照料日漸消瘦的母親。

那時母親還可以走，晚餐之後，她們會到家附近的大學校園裡，沿著起伏的柏油坡路散步。路燈不多，她們走在路上，經過校園裡的那一座教堂。教堂被草地上的燈照亮，像一雙黑暗中正合十祈禱的手掌，周圍人們的影子時不時映射在那面巨大的黃棕手背上，他們揮舞雙臂，像歡欣跳舞，又像是祈求關注。

她一邊走路，一邊聽母親細瑣地說，在她出門上班後，一個人在家的生活：晨起做一回淋巴伸展操，早餐是女兒準備的精力湯，吃飽後會讀一遍普門品，累的時候就讀心經與金剛經。她會出門散步，走到離家最近的公園，坐著日曬或吹風，發現街道邊那排風鈴木全都開花了，洋紅花團一簇一簇，像燈籠，掛滿近乎無葉的枝枒。有時走遠一點，到三個街區外的菜市場逛一圈，看見攤架上開始出現渾圓的香瓜。攤販切了一片給她，不知道是不是因為藥物的緣故，香瓜味道嚐起來變得好淡，可是她感覺春天的到來。

一對綠繡眼在二樓陽台的一叢七里香裡築巢，草莖與蛛網編織而成的巢，像一只小碗，懸掛在枝幹間，裡頭有三顆淡青色的蛋。

趁著親鳥不在，母親悄悄走出陽台，用手機拍下照片，傳給昱娟。

那時母親體力愈趨衰弱，走久容易喘，只能在室內與家門前活動，於是觀察綠繡眼一家的生活便成了她的日常重心。

每到中午，昱娟在休息室裡吃著微波好的午餐，她會在手機裡看見母親又傳來關於綠繡眼的訊息，有時是照片，有時是一段錄影。

她透過母親的鏡頭，看見與灌木叢幾乎融為一色的親鳥坐在巢裡孵蛋；看見破蛋後，緊閉雙眼的三隻雛鳥頭交疊著頭依偎；看見雨夜過後的七里香，白花綻放，長出些許羽毛的幼鳥們縮著身體，半睜著眼，迷濛地看著世界。

昱娟想像那些幼鳥，每當牠們的父母親離巢覓食，牠們會伸長脖子，在原地張著黃喙大叫，此時，就會有另一個母親來到牠們身邊，小心翼翼不發出一點聲音，凝視裡充滿關愛與讚嘆。

綠繡眼的到來似乎為母親的生活注入更多生機，可是當幼鳥羽翼長齊，一一跳出巢外，母親站在窗邊，遠遠拍下牠們跟隨親鳥朝天空飛去，她的身體深處好像有什麼也跟著一起離開，不再復返。

接下來的兩年，她們在家與醫院之間進出，母親病情沒有起色，最終仍是從臥室搬進安寧病房。住進去的那天，見床位旁有一扇大窗，母親對她說，還好有窗，可以看見天空。

她切了一盒木瓜，晚餐後和母親一起吃，電視機發出細碎的聲響。

這陣子，她陪母親見了想念的老朋友，還整理家裡的相簿，帶來病房，讓母親在閒暇時翻閱，和她講講以前的事。有時，她們也會討論到未來，譬如母親想要的告別式音樂與布置。母親總說，希望自己離開以後，有人能陪女兒一起生活。昱娟聽了儘管順從地點點頭，但她沒能告訴母親，自己暫時無法想像那種生活，也不知道未來會是什麼時候。

好久沒散步了，吃完水果後母親說，想讓昱娟帶她去樓上的空中花園走走。

昱娟永遠記得那天是滿月，從未有一刻感覺月亮離自己這般近，黃冷的月光照在她們倆身上，舉目所及似乎都鍍上一層稀薄的金。她推著輪椅上的母親，走在空中花園的仿木步道，每一步皆發出咚咚的回響。

記不記得妳小時候，總嚷著要一個弟弟或妹妹？

母親說，其實本來應該會有的，只是最後她放棄了，那孩子跟她無緣。

為什麼放棄？因為經濟，因為疲憊的身心，因為沒有誰來拉她一把，告訴她，她其實可以。那是種種衡量後做出的決定。

手術後有一段時間，她不太敢照鏡子，因為她發覺鏡子裡，整個人變得好黯淡，像失去一層光，不曉得為什麼會這樣，只能轉身說服自己，日子還是得繼續過下去。

直到多年後，她到精舍參加那場拜懺法會，起初是為了去世的父親，可是在那一跪一拜之間，她才發覺自己不斷想起的，是那未能出世的孩子。只怪自己當時太年輕，有太多恐懼。如果她和她的丈夫能再相忍彼此一點，如果她慢一點，多考慮一些，如果，如果……後來，她一個人到家附近的佛寺，為那孩子立了一個牌位。

回想那晚正值冬季，她與母親竟待在空中花園不知聊了多久，一點都沒有冷的感覺。後來回到病房，即使母親一再叫她回家休息，隔天還要上班，但她堅持在病房留宿，只想陪母親睡。

她趴在床沿，央求母親輕輕搓揉她的耳垂，像小時候入睡前那樣。意識朦朧間，她彷彿聽見母親問著，會怪她嗎，怪她這樣做？

不知道母親是在對誰說。

昱娟握住母親的手，想著那個無緣見面的手足，如今祂仍無形無體，在四處飄蕩嗎？抑或祂早已找到新的家人，降生在這世上？

一個月後，母親在睡夢中離世。告別式結束後的隔天，她換上白色實驗衣，別好識別證，排隊準備上工。那時恩竹才剛開始備孕，排在她前面，問她怎麼不多休息一天？她聽了故意眨眨眼，勉強拉起嘴角，說，都處理差不多了，在家也是閒著，不如來上班。

她們脫下鞋子，識別證打卡，分批走進洗塵通道，在狹長的空間裡換上室內鞋，張開雙臂，緩慢前進。強勁的風勢從四面八方襲來，打在昱娟身上，要把每一處皺褶與縫隙間的灰塵，全數吹落析出。

她以為只要盡快回歸實驗室，就能在工作中重新建立生活的節奏，然而事實是，就算每天來回通過這條洗塵通道，也無法吹散她身體裡日漸積累，難以名狀的物事，只覺得睡了還是好累。

從實驗室這邊的窗口望出去，薛醫師在手術室裡正進行取卵手術。一個女人躺在那裡，張開雙腿，麻醉使她頭一撇，一動也不動。超音波顯示螢幕裡，一根細針穿越子宮壁，伸進卵巢，抽出半透明中帶著淡黃的濾泡液，裝進一根又一根圓底管裡。

對昱娟來說，那該是再普通不過的日常情景，但此刻她喉頭一縮，感覺胃底翻湧。她忍住不吐，接過窗口遞來的圓底管，插進試管架，交給一旁的恩竹，卻差點打翻。

這有些反常。恩竹調整焦距，在顯微鏡底下，記錄濾泡液中每一顆卵子的等級，同時也在心底，想起昱娟這陣子時不時的恍惚。

到了午餐時間，休息室裡沒看見昱娟，恩竹來到廁所外，卻聽見裡頭傳出一陣乾嘔，接著是沖水聲，然後門開了。

昱娟背著肩背包走出來，見到恩竹，她的身體微微一繃，似乎還處在某種驚嚇，但那驚嚇也不過短短一瞬，隨即反應過來，向恩竹打招呼，聲音和平常沒什麼不同，視線卻始終飄移在別處。

等等要一起吃飯嗎？恩竹說。

昱娟猶豫了一下，但還是說，好啊。

她們站在洗手台前，按下洗手液，各自盯著自己手裡的那團肥皂泡沫，昱娟仔細清過每個指甲縫，恩竹左右掌反覆搓揉。直到昱娟率先打開水龍頭，沖去泡沫，連擦手紙也不用，就要離開廁所——

恩竹叫住她，手還滴著水，多抽了一張擦手紙給她。

她們坐在醫院附近的餐館，昱娟吃著飯，腦中思緒紛飛，不知道怎麼開口。恩竹知道她需要時間，只陪著她咀嚼下嚥。直到昱娟喝完最後一口湯，鬆開手心，盯著掌中那團被揉皺的擦手紙，才斷斷續續地說。

照顧母親的那段時間，不對，是幾個月前，應該說，是去年十二月，她在網路上認識一個男人，在她家附近的大學裡念博士。他們聊了幾週，對彼此都有好感。那時，聖誕節即將到來，每年校園都會舉辦活動，於是他們相約在那座教堂前的草地碰面，一起看了詩歌表演，逛了聖誕市集，喝了點酒，只是——她以為這不過是場單純的約會，以為自己夠清醒，以為自己有能力拒絕——後來事情就發生了，在他的單人宿舍。

事後她竟然慶幸的，是她還活著，還能穿好衣服，一個人走回家。然後發現男人消失了，她找不到人，也不敢告訴母親——不知道為什麼，跟恩竹說這些的時候，她感覺自己好愚蠢，彷彿有個聲音正罵著：自作孽不可活——然後她忙著處理母親的後事，然後她回來上班，以為一切就這麼結束，然後——

她們回到醫院，並肩坐在中庭的一張涼椅，昱娟不自覺捏緊懷裡的肩背包，想著裡頭那支剛用完的驗孕棒——或許她在廁所吐，只是因為想到他。

此刻，就像回到聖誕節的那天晚上，她變成一尊雕像，全身僵硬，張開口卻發不出聲音。沒想過那幾個字要說出來是這麼難。

即使恩竹不忍相信，甚至為昱娟感到憤怒，可是當她看著昱娟，感覺眼眶周圍開始發熱，她沒有哭，只是張開手臂，抱住昱娟，很久很久，什麼話都沒有說。

機車停在家門口，離開醫院後她不想待在家，卻也不知道該去哪，於是開始走路。許多念頭就像眼前往來的汽車，呼嘯而過。她想起母親，想起以前陪她散步過的路，於是來到大學校園後方，那片竹林小路的入口。

過去她總是和母親手牽著手從這條小路走進去，也曾經在半夜，從裡頭一路跌跌撞撞逃出來。如今她還進去做什麼？她站在那裡，知道自己該離開，可是離開以後，她還能怎麼走？

醫師說，現在是第五週又三天。她知道，那胚胎將長出一顆小小的心臟。

昱娟轉出巷口，感覺自己失去方向，但雙腳不曾停下，身體彷彿知道此刻自己需要的是什麼，領著她，走過天橋，馬路，人行道。她忘記時間，忘記距離，只是踏出一步又一步前進，直到停下腳步——

她抬起頭，在一片山水造景裡，看見一尊泥塑的女人佇立其中，淺藍頭紗，白色連身袍，雙掌合十，指間掛著一串念珠，正垂目凝視自己。

那女人的身後有一棟建築，不高也不大，屋瓦下掛了塊木造的匾額，上頭刻寫著「聖母堂」。

大門正開著，裡頭的人聲像層層疊疊的紗，有光透出來，在建築周圍嗡嗡回響。她不自覺靠近，撥開紗走進去，感覺自己被那團紗輕輕擁著。

講台上一位男人身穿白色長袍，神情肅穆，身後正擺著四根細長的白色蠟燭，在燃燒。她走進最後一排木長椅，跟著台下所有人站著，在白袍男人的帶領下，低頭念起禱詞：

上主，求你垂憐。基督，求你垂憐。上主，求你垂憐。

她不是教徒，禱詞念得零落，可是在那一刻，她想起母親當年在佛堂拜懺時的景象——這世界上有這麼多事無法如願——來到這裡或那裡的人們，都向他們的神，說了哪些話？他們犯了什麼錯？他們後悔了嗎？

她跟著眾人，在儀式中起立，應答，坐下。

白袍男人站在講台，說到耶穌藉著瑪利亞取得肉身，而成為人。台下的昱娟翻開經書，讀到未婚的瑪利亞發現自己懷孕。天使來到家門前，告訴她，肚子裡懷的是聖靈，一切是主的旨意，不用擔心。

她不禁想知道，如果天使從未降臨，瑪利亞會做出什麼決定，生，或不生，又將承受什麼樣的命運？她多希望此刻，有位天使能來到她的身邊——但她不是被選中的聖母，只是一個站在教堂裡的普通女人。

或許，她需要的並不是一份垂憐，或赦免。

當人們再次起立，張口唱下另一首詩歌，在莊嚴的旋律裡，她悄悄退出人群，退出層層疊疊的紗，離開教堂，一個人慢慢走回家。

進家門的時候，她感覺到飢餓，卻不知道那飢餓是屬於誰的。

她弄了宵夜，喝下一碗青菜豆腐蛋花湯，洗好澡，回到自己的房間，便早早就寢，躺在床上。只是到了半夜，她依舊難以入眠，索性下床，走進母親的房間。

房間裡沒有開燈，所有擺設未變，梳妝台桌面已積了一層淺淺的灰。她掀開落地窗簾，站在窗邊，望著二樓外的陽台，決定走出去。

母親離開以後，她許久沒有來到這裡。室外拖鞋沾染沙塵，磁磚地板也堆積著不知哪來的落葉，不見月亮，所有事物都成了一片深沉的藍，就連那叢七里香也是——只是在枝叢間，她再也找不到綠繡眼留下的空鳥巢。

她回返室內，爬上母親的床，將臉埋進枕頭。她們在空中花園的那天，母親提到那個未出世的孩子，那是她第一次聽，想到母親也從未對她說起，關於自己出生的事，於是問了母親。

母親舒出一口氣，告訴她，其實生下她很不容易。

在此之前，已經過了預產期好幾天，肚子仍毫無動靜。醫師怕胎盤開始鈣化，會危及胎兒性命，於是為她注射催產針。她喘著氣，上下樓梯幾回，想刺激子宮收縮，直到開始陣痛。

她躺上醫院的病床，呼吸用力，一天一夜過去，依舊生不出來。醫師要她相信自己，再撐一會，就能自然產下，但她氣力耗盡，不願堅持下去，也不想使用真空吸引或產鉗，怕孩子受傷，於是一再懇求醫師，剖開自己的肚腹，救出即將缺氧的她……

那時，昱娟聽著母親說話，彷彿又再經歷一次出生。

如果那些記憶與感受是真的，母親永遠不會知道，當時還在肚子裡的她，有多麼害怕分離，多麼不想要來到這個世界，她只是，只是想跟母親待在一起——而不願接受母親也是人，也會有脆弱卻不自覺傷害她的時刻。

她曾經是這麼恨，卻也深愛著，母親給了她活下去的可能。

或許，她一直都記得，只是她以為自己遺忘了。她既像是沒有選擇，卻也做出了選擇，死亡與誕生，受苦與祝福，原先那些看似分裂，對立的什麼，在此刻，竟也像是一體的。

她是這麼恐懼，可是又有一股堅韌自心底悄悄生成。

天即將亮，她蜷縮在母親的床，像胎兒回到熟悉的居所，觸撫自己尚未隆起的肚腹，低聲問著那顆正開始跳動的小小心臟——

你願意來到這個世界嗎？

你願意選擇我，做你的母親嗎？

無論你是要離開，或是留下，請跟我說，也請不要跟我說。

噓——

恩竹示意羅傑，寶寶終於睡著了。昱娟坐在嬰兒床旁，凝視裡頭那張睡臉，吸著奶嘴，小小的手不自主一張一收，像是在作夢。

感覺生他就像是昨天的事。恩竹拿起昱娟送的那件淺綠色寶寶連身服，在空中比了比，邊摺邊說，沒想到一個月一下子就過。

第一個月最辛苦了。昱娟說。

真的，每天都睡不飽。

她們看見羅傑坐在木椅上，雙手叉胸，一副昏昏欲睡的模樣，忍不住相視而笑。

自從恩竹離開實驗室，她們已經很久沒有像這樣，只是坐在一起，什麼事也不做，隨意聊著生活。儘管恩竹揉著黑眼圈，時不時打哈欠，可是昱娟感覺到她的滿足，她真為她感到開心。

離開之前，恩竹又多拿了一盒彌月蛋糕給她，說是蜂蜜蛋糕，記得小星愛吃。她不好意思收下，但恩竹將提袋塞進她手中，握住她的手，說，下次帶小星一起來看寶寶吧。

恩竹總是這樣，昱娟一邊開著車前往托兒所，一邊回想。

那年她看完婦產科回到家，收到恩竹的訊息，告訴她，無論她最後做了什麼決定，她都會支持她。

除了恩竹，她沒跟其他同事們多說什麼，只是繼續每天到實驗室裡工作，但很快地，實驗長袍再也遮不住她日漸隆起的肚皮。大家紛紛恭喜她，有些人儘管感到驚訝，可是也沒多問，反而更加照顧她。

有一天，當她走進醫院電梯，在上升的過程中，突然感覺肚子裡一陣癢，很細微，像有什麼在輕啄，她以為是錯覺，可是又一次，感覺更明顯，來自裡面，接著是一陣咕嚕的氣泡聲。她笑了，那震動與共鳴使她的身體感覺到一種與之相繫的親密，彷彿在跟她說：我在這裡。

肚子一天天愈來愈大，她依舊張開雙臂，走過風勢強勁的洗塵通道，在手術室窗口接下圓底管，在顯微鏡底下尋找卵子，混合或注射受精，在培養箱裡觀察胚胎發育，通知每個在電話另一頭苦苦等待的人們，他們即將成為父母親。

那天下班前，她一如既往，在實驗室最深處的冷凍區，將胚胎放進金屬儲存槽，旋緊氣密蓋，走過那幾盞昏黃的光——忽然大腿邊緣一陣涼，好像有什麼在流，她拉起裙襬一看，是羊水，在她身後拉出一條痕跡，像透明的河，聽見操作台旁的恩竹一陣驚呼。

她還不會痛，還可以走，恩竹攙著她。那條河跟著她們，從實驗室流出去，在電梯前徘徊，接著推開逃生門，流下階梯，一圈又一圈繞下去，它流過大廳，流過走廊，人們都看見了，驚呼著，紛紛為河開道，為她們祈禱，望著那條河，流進產房……

昱娟走下車，來到托兒所門口，看見坐在長凳上的小星，正在和身邊的朋友打鬧。當初在懷裡哭聲宏亮的小嬰兒，轉眼間，已經學會穿鞋了，大叫著「媽咪——」，朝著她飛奔而來。昱娟緊緊抱住她。

回到家，她們吃完晚餐，昱娟切了一小片蜂蜜蛋糕給小星。

好不好吃？

小星用力地點了點頭，兩邊的辮子甩啊甩的，問她能不能再吃一塊？

她本想拒絕，但小星彷彿知道她在想什麼，放下叉子，兩隻小手在她面前比劃著，眨著那雙星星般的眼睛，說，求求妳。

她故作嚴肅，卻在心底忍不住笑，想這孩子向來古靈精怪，不知道這花樣又是從哪裡學來的。於是又切了半片蛋糕，告訴她，要洗澡睡覺了，只能這樣喔。

小星接過盤子，歡天喜地，露出小小的牙齒，說，媽咪，我好愛妳。

母親的房間如今是她與小星在睡，每到了睡前時間，小星會蹲在床邊的書櫃，抽出其中一本繪本——那些是恩竹與羅傑送給她們的禮物——要昱娟讀給她聽。三歲的她愈來愈會說話，不時向她提出一個又一個問題，對每個故事充滿好奇。

或許有一天，小星也會好奇，自己是怎麼來到這個世界，爸爸又是誰？昱娟不確定自己是否做好回答的準備，她該保持緘默或遺忘，或去說一個新的故事嗎？還是像母親那樣，懷待著某個遙遙無期的時機，終向孩子坦白一切？

她腦中不是沒閃掠過那些陰影，小星可能會恨她——為什麼還要把我生下——恨她天真又自私，恨她沒有為孩子的人生著想。但她有多渴望能讓小星明白，即使如此，她也不願消抹她的存在——就像是消抹曾經的自己一般——因為光是存在本身，就足以使她願意試著努力去愛，無論用什麼方法。

藥依舊在吃，她好很多了，真的。只是有時候，她仍會在夜裡驚醒，或在日常的某個瞬間，瞥見那個男人的殘影，就像是剛才，她一個人在廚房裡切著蘋果，一失神便在拇指留下一個切口，儘管表面看起來不太滲血，但壓的時候仍會痛。

故事尚未說完，小星揉著眼，像是要抵抗睡意，睜大眼睛，接著注意到昱娟指頭纏上的OK繃，問她流血了嗎？

一點點。她說，痛痛的。

小星望著她好一會兒，小手從被子裡伸出來，抓著她的手，來到自己的嘴邊，她吹出一口氣，緩慢地，一遍又一遍，就像以前跌倒受傷的時候，昱娟為她做的那樣，發出稚嫩的聲音，對昱娟說，痛痛都飛走。

噢，痛痛都飛走。

她闔上繪本，傾身抱住小星，在女兒耳邊，學著輕輕地說——頓時想起母親，想起恩竹，想起王小姐，和那位戴著月光石項鍊的女人的身影——小星發出咯咯的笑聲，以為媽咪在跟她玩，於是跟著昱娟，重複著那句話，像是對自己，也像對她們說。

後記

恢復室裡

大學畢業後，我沒有直接到醫院工作，或像其他同學繼續升學做研究，而是到跟自己所學毫無關係的產業遊蕩了一小段時間，才回到檢驗科擔任醫檢師。只是沒想過兩年多後的夏天，就在台北面臨疫情升溫之際，我竟成了檢驗科的逃兵，來到花蓮念研究所。

那天早上，我搬進一間套房，窗外正對著鯉魚山。陽光正烈。

盯著那山，還有四周空曠的地景，一開始，我經常感覺手足無措，好像我早已習慣某種空間與心理上的擠壓與對抗，現在模具不見了，邊界不見了，身體不知道怎麼擺，眼睛不知道該看什麼——我的相機甚至放在書架上整整一年，沒有拍下任何一張照片。

那時，歷經幾個版本更迭重寫，完成〈海參爬行的夜晚〉，那是我第一次嘗試書寫醫檢師，卻在之後對自己產生質疑：我夠了解醫檢師、夠了解醫院的生態嗎？如果想繼續往下發展，我還可以寫什麼？

記得後來，我曾幾次跟認識的人，和不認識的人偶然提起這些想法，有些人一臉疑惑（醫檢師是什麼？），有些人不置可否（醫檢師好像不太吸引人），就連我自己，究竟是為了什麼而寫——我夠愛我想寫的東西嗎？

我也回答不出個所以然。

於是我停下來。

回顧過往，無論是閱讀或寫作，我挺不認真，總是分心，好像總有更吸引我的事值得去參與。譬如跟系上大夥兒瞎混，演戲、辦文學展覽與學術研討會，譬如在課表上填滿其他學院的課程，把自己浸泡在各種理論學科。「沒時間」這三字真是世上最好的麻藥，阻斷神經任何知覺，讓我在夜裡安心闔眼。直到有一天，我突然甦醒，意識到我在逃避，逃避面對我自己，和醫學大學，還有醫院之間的種種關係——這一切「只屬於我」的物事。

好像先前所有的迂迴、打轉、漫不經心都在等待這一念出現，在另一個夏天，當我做好準備，就收到明益老師的訊息。我們通完電話，心定下來，套房裡的我坐到木質書桌前，成為自己的容器。

那些盤桓在腦中，揮之不去的一句話、一幅圖像，都在鍵盤的敲擊下，紛紛落成了字，堆積，搬運，再堆積。當窗外的鯉魚山化成一道藍紫色的剪影，山頂上的基地台發出微微紅光，我就闔上筆電，去操場跑步。

有時一字無成，有時寫滿進度，即使每天狀況都不一樣，我總是跑四十分鐘。不多不少，也不追求速度，只想一圈接著一圈，盡力跑每一步，在一天即將結束之際，任由過剩的思緒隨汗液洩出，浸濕整件衣服。

天光不再，泛光燈也尚未亮起，跑道一片晦暗，我腳步漸緩，調整呼吸。路燈穿透操場外的一圈樹林，像一顆顆鑲在黑戒上的寶石，縫隙裡閃閃爍爍。在這樣的時刻，我總是一邊走，一邊想起那些曾經相遇的臉孔，心中充滿感激——寫作並非想像中孤寂，因為我知道，我從來就不是一個人跑著。

這本書之所以能夠完成，我想謝謝這些在各個醫療場域中默默奉獻的身影：謝謝醫檢師楊秉澄、王宣、法醫師謝宇宣、胚胎師林淳喻，北醫醫技系友陳芃瑞、蔡奕戎、何冠增，給予專業知識上的諮詢，協助我接合現實與想像的卡榫。與你們每一次的交流，都使我珍惜且深刻明白，即使擁有相關學習背景，但在醫療技術的世界中，我仍是這麼渺小無知，請容我為你們致上最高的敬意。

謝謝宜珮汶、邱平以及看過稿件的所有朋友們，你們的提問與回饋總帶給我新的刺激與啟發，促使我不斷進步。謝謝華文所的夥伴——元老院與東饒組——和求學期間遇見的人們，與你們度過的每一刻，都讓我相信花蓮是個有魔法的地方。謝謝寶瓶出版社總編朱亞君、編輯林婕伃，在改稿期間一路陪伴，給予我最大的自由，在寫作上吹毛求疵又不斷推翻。最後謝謝我的家人與伴侶，你們的理解與支持，遠重要於我寫的每一個字。

轉眼間夏天又到了，窗外的鯉魚山從未出現在夢中。研究所畢業後這半年來，我的生活在各方面都發生了許多變動，每天都像在重新認識自己。

有時候我會想，明明來到花蓮三年半，卻在書寫中頻頻回望曾生活七年的台北；然後是現在，我回到家鄉台中，繼續修改稿件，在後記裡寫著花蓮的生活，好像寫作之於我，成了在離開與復返間不斷來回的通勤活動。

儘管我不知道接下來會去哪裡，握筆時仍充滿猶疑，也好奇還能活成怎樣的自己，但我依舊懷抱著期盼，相信啟程的那一刻終將到來。

我想起最後一堂小說創作課，討論的是兩本長篇小說，Stephane Audeguy《雲的理論》與 Jonathan Franzen 的《修正》，沒預料老師對作品說的話，於我像一種提醒與祝福。

我抄下筆記，把話收在心底，重新告訴自己：那些曾以為是分裂與拉扯角力的，終將收合，你可以是多重的，疊加的，而非選邊站，也非為了證明自己；那些所有人習以為常甚至不屑一顧的，終將以一種屬於你自己的模式重新構造，再發明出生。

2024/06/28 台中

國家圖書館預行編目資料

針尖上我們扮演/楊凱丞著. -- 初版. -- 臺北市：寶瓶文化事業股份有限公司, 2024.07
面；　公分. -- (Island ; 336)

ISBN 978-986-406-428-1(平裝)

863.57　　113010495

Island 336

針尖上我們扮演

作者／楊凱丞

發行人／張寶琴
社長兼總編輯／朱亞君
副總編輯／張純玲
主編／丁慧瑋
編輯／林婕伃・李祉萱
美術主編／林慧雯
校對／林婕伃・陳佩伶・劉素芬・楊凱丞
營銷部主任／林歆婕　業務專員／林裕翔　企劃專員／顏靖玟
財務／莊玉萍
出版者／寶瓶文化事業股份有限公司
地址／台北市110信義區基隆路一段180號8樓
電話／(02)27494988 傳真／(02)27495072
郵政劃撥／19446403 寶瓶文化事業股份有限公司
印刷廠／世和印製企業有限公司
總經銷／大和書報圖書股份有限公司 電話／(02)89902588
地址／新北市新莊區五工五路2號　傳真／(02)22997900
E-mail／aquarius@udngroup.com

法律顧問／理律法律事務所陳長文律師、蔣大中律師
如有破損或裝訂錯誤，請寄回本公司更換
著作完成日期／二〇二四年
初版一刷日期／二〇二四年七月二十六日
ISBN／978-986-406-428-1
定價／三八〇元

本書榮獲文化部獎勵創作補助。

【愛書人卡】意見回饋線上表單。